好きならずっと一緒

CROSS NOVELS

火崎 勇
NOVEL:Yuu Hizaki

みずかねりょう
ILLUST:Ryou Mizukane

CROSS NOVELS

CONTENTS

CROSS NOVELS

CONTENTS

好きがずっと一緒

Presented by
Yuu Hizaki
Illustration by
Ryou Mizukane

火崎 勇
Illust みずかねりょう

CROSS NOVELS

都心にもまだこんなゆったりしたところがあったんだなぁ、とこの建物を見るといつも思う。

高級マンションといえば高層マンション、というイメージだったが、本当の高級とは低層マンションだろう。

建物が面している広い道路は、この先の公園で行き止まりになっているため、交通量はゼロに等しい。なので時々タクシーや小型のトラックなどが駐車していることが多い。

だが実際はこの横長の建物の住人専用道路となっている。

贅沢《ぜいたく》なことだ。

その贅沢を許されているのが、この建物の住人達だ。

高級低層マンション。

外観は横長の一棟の建物のように見えるが、中は縦割りになっている。つまり、一軒家が隙間《すきま》なく並んでいるいわゆる長屋状態だ。

豪華過ぎる長屋だけど。

長い外壁の端には、フロントに続くマンションの名前のプレートが入った門があり、中はホテルみたいなロビーやフロントになっている。

フロントにはコンシェルジュが常駐し、住人のどんなオーダーにも応《こた》えられるようなっていて、待機している警備員が非常の事態に備えている。

ロビーは家に上げたくない来客の時に応接室代わりに使用できるらしい。

一度使ったことはあるが、無料でドリンクを提供してくれたりと、本当のホテルのラウンジのようだった。

……自分には合わなくて、居心地は悪かったけど。

フロントに通じるこの門から一定感覚で格部屋専用の門が並ぶ。これが各個人の『家』に入る入り口だ。

俺は自転車《チャリ》で三つ目の門の前まで来ると、番号を押す銀色のボタンの横に鍵を翳《かざ》した。

ピーッと認証の音がして鉄製の門扉が開く。

自転車を押して中に入って、玄関先に置き、今度は鍵を使って扉を開けた。

ここも暗証番号でも開くのだが、玄関の扉は鍵で開ける方が好きなのだ。

暗証番号を知っている者も少ないが、合い鍵を持っている者はもっと少ない。それを知っているから、『鍵で開ける』という行為は特別な感じがするのだ。

それに、外来者を拒む場合は暗証番号での解錠をロックできるが、鍵はチェーンを掛けられない限り自由に入れる。

この家の主は来訪者を面倒がって時々暗証番号をロックしてしまうので、入るためには鍵は必須というべきかも。

扉を開けると、明るい玄関。

右手にシューズクローゼット、左手には出掛ける時のコートや帽子などが入っているちょっとしたサービスルーム。

真っすぐに奥へ延びる廊下を抜けると、物凄く広いリビングダイニングへ出る。

一番右手には対面式のキッチンとカウンター。

続くダイニングにはシックでスタイリッシュな黒を基調にしたダイニングセット。そこからがらりと雰囲気を変えて、白い革張りのソファとガラスのテーブルが置かれているのがリビング。

リビングの壁の一面はガラス張りで、明るい外光が入ってくるようになっている。

反対側には二階へ続く階段と、小さな部屋へ続く扉。

二階は書斎と寝室と客間。

三階には風呂場と客間。

トイレは二カ所、他にはサービスルームにウォークインクローゼット。

……無駄に豪華な家だ。

だって、ここは一人暮らしの家なのだ。一人暮らしでこの広さは無駄だろう。

もちろん、この家の主は俺ではない。

塩瀬大吾《しおせだいご》という、介護用品を扱う会社の社長だ。

そして合い鍵をもらっている俺、長谷川裕太《はせがわゆうた》はアルバイトでこの家のハウスキーパーをやっている。本業は大学生。

一人暮らしをしたいからお金を稼ぎたいと言いだした俺に、それなら自分の部屋のハウスキーパーをしないか、と言ってくれたのだ。

主な仕事は掃除と料理。

大吾さんの脱ぎ捨ててある服を片付け、掃除機をかけ、洗濯物をクリーニングに出すものと家で洗うものに分けて、家で洗うものは俺が洗う。

不規則な生活をしている彼のために、料理を作って冷蔵庫に入れておく。

ちなみに、今日の料理はラタトゥイユと肉ジャガ、それにクリームシチューだ。

まとまりのないメニューは、大吾さんの昨夜のリクエスト。

学校帰りに買ってきた食材をキッチンに並べていると、玄関から物音がした。

「お、来てたのか」

と顔を出したのが、この家の主の大吾さん。

背が高く、がっしりとした身体つきのナイスミドルだ。

本人は『ナイスミドル』と言うと、まだそんな歳じゃない、と怒るけど。

まあ確かに、彫りが深く、きりっとした眉《まゆ》や肉厚の唇《くちびる》を持つ濃いめのイケメンって顔には皺《しわ》の一つもないし、年齢は感じさせない。

「おかえり、今日は早いね」

「いや、またすぐに出る。戻りは遅くなるから、裕太の顔を見に帰ってきた」

「嘘《うそ》ばっかり。『来てたのか』って言ったクセに」

「それは枕詞《まくらことば》みたいなもんだ。裕太は真面目だから、ちゃんと毎日来てるってわかってるしな」

「そりゃ仕事だからね」

「色気のないセリフだな。俺に会いたいから来てる、ぐらい言えよ」

「はい、はい。コーヒー淹《い》れる？　それとも何か食べる？」

「メシは食ってきた。一緒に飲むならコーヒー淹れてくれ」

「いいよ」

俺は並べていた食材をひとまず冷蔵庫に入れ、コーヒーのカプセルを取り出した。

この家には豆から淹れるコーヒーメーカーもあるのだけれど、最近は楽だからともっぱらカートリッジ式のコーヒーメーカーが稼働している。

いいよな、これ。

うちにもあればいいのに。

「ブレンドでいいよね？」

「ああ」

大吾さんはキッチンと向き合うカウンターに座り、にやにやと俺を見ていた。

こういう時は、話しかけて欲しい時だ。

「仕事、忙しい？」

「いつも通りだ。高齢化社会大歓迎だな」

「またそんなこと言って。若い人が増えないと、会社で働く人が足りなくなるでしょう」

「今は七十歳現役時代だ、働き手はいるさ」

「介護の仕事は体力勝負じゃない。お年寄りには難しいでしょ」

「介護の現場はな。うちは介護用品の販売だから関係ない。むしろ年寄りが薦《すす》めれば、信頼性が増すってもんだ」

「そんなもん？」

「そんなもんだ」

年寄り、と言われておじいちゃんのことが頭に浮かんだ。

「そういえば、大吾さん今月おじいちゃんのところに行った？」

途端に、彼の顔からにやにやとした笑いが消える。

「行ってない。老人ホーム生活をエンジョイしてるから、邪魔だとぬかしやがった」

「口が悪いよ、大吾さん」

「根岸《ねぎし》達は行ってるのか？」

「毎月第一日曜日に行ってるよ。俺もちょこちょこ顔出してる」

「『ちょこちょこ』？」

「だって、チャリで行けるし、大学生は会社員より時間があるもの。それに、煮物とか作ってきて欲しいって言うし」

大吾さんは、おじいちゃんが好きだし、おじいちゃんも大吾さんが好きなのは知っている。

でも似た者同士の二人は顔を合わせればケンカばかりという難しい関係だ。

「ジジイは俺よりお前達のが好きなんだ」

子供のような拗《す》ねた口調に、思わず笑ってしまう。

「口ごたえしたり、『ジジイ』なんて呼ばなければ歓迎すると思うよ。それと、ホームに自社製品を売り込まなければ」

「何言ってる。うちの介護用品は最高だ。自分が一番いいと思ってる物をジジイに与えてやりたいと考えるのは当然だろう」

「言い方だよ。どうせホームの人に『我が社の製品はいいものですから、買いませんか』って持ちかけたんでしょう?」

「何がおかしい」

「そういう時は、おじいちゃんに『心配だから一番いいものを使って欲しい』って言うべきなんだよ。でないと、金儲けに使われたって思われるよ」

「金も儲ける。商売だからな」

俺は二人分のコーヒーカップを持って、カウンター側へ回り、大吾さんの隣に座った。

「はい、コーヒー」

素直にカップを受け取りながらも、まだ嫌そうな顔をしている。

この人の、こういう子供っぽいところは好きだ。

上手に嘘をつくスキルがあるクセに、感情には素直なところが。

「来るなって言っても、待ってると思うよ？　今度俺と一緒に行く？」

「お前がいるとジジイの小言が減るからな。裕太とデートのついでに顔を出すか」

「またデートだなんて、おじいちゃんに怒られるよ」

「大丈夫だ、正式に結婚するつもりなら許してくれるさ。どうだ？　そろそろ俺と結婚する気になったか？」

彼が俺にプロポーズ（？）するのには慣れっこなので、軽く受け流す。

「そんなこと言ってると、また孝介《こうすけ》に怒られるよ」

「根岸は関係ない。問題はお前の気持ちだ」

根岸孝介、というのは俺の叔父さんで、大吾さんとは微妙に仲が悪い。

「はい、はい。考えとくよ。それよりおじいちゃんのこと、真面目に考えといてよ？」

さっきから会話に出ている、『おじいちゃん』とは、大吾さんの実の祖父だが、俺とは何の血縁関係もない。

でも、おじいちゃんと俺はずっと一緒に暮らしていた。

俺と大吾さんの関係は、というより俺の周囲は色々と複雑なのだ。

「来週、都合のいい日を後でメールしろ。ちゃんと考えとく。決まったら、その日の裕太のバイトは『ジジイの見舞いに付き合うこと』に変えてやる」

「やだよ。おじいちゃんのお見舞いを仕事にするなんて。それなら、大吾さんとのデートをバイトにする」

「俺とのデートなら仕事にしてもいいのか？」

「付き合ってあげるんだから、ね」

大吾さんはふてくされたように口を尖《とが》らせた。

「ジジイと俺と、どっちが大切なんだ？」

「聞きたい？」

「……いい。俺だ、と思うことにする」

勝手に出した答えに、俺は異論を唱えなかった。

おじいちゃんより大吾さんが好きだからというのではない。本当のことを言って、もっと拗ねられるのが面倒だから。

「まあまあ、今晩はリクエスト通りクリームシチュー作るから、機嫌直して」

「俺を子供扱いするな。機嫌を取るつもりなら、キスの一つもしてみろ」

「さ、じゃ夕飯作ろうかな」

大吾さんがバイセクシャルなのは知っていたが、キスをせがんだ言葉がジョークだということもわかっていた。

俺が無視して立ち上がっても、文句を言わないのが証拠だ。

そしてさっきのプロポーズと同じで、俺はもうこの手のセリフを何百回と聞いていて慣れっこだった。

こんなセリフに一々目くじら立てて説教して、この関係を壊したくないくらいには、俺は大吾さんが好きなのだ。

「シチューのジャガイモは小さくしろよ。粉っぽいのは好きじゃないんだ」

「わかってる。ちゃんとお好みのを作るよ」

親でも親戚でもなく、もちろん恋人でもない。歳の離れた友人、というのが多分複雑な俺と大吾さんの関係を言い表す、一番シンプルな言葉だろう。

そして俺は、この関係をとても気に入っていた。

ずっとこのままだといいな、と思うくらい。

豪華過ぎる大吾さんのマンションを出て、自転車に乗って家へ戻る。

我が家と大吾さんのマンションが近いのは偶然ではない。大吾さんがウチの近くに引っ越してきたのだ。

何故《なぜ》なら、俺達が今住んでいる家は、大吾さんのおじいちゃんの家だったから。

おじいちゃんのことを『ジジイ』と呼ぶクセに、大吾さんはおじいちゃんが心配で、堪《たま》らなかったのだ、というのは薫《かおる》の言葉。

俺の周囲は複雑だといったが、本当に他人に説明するのが面倒なくらい複雑だった。

俺の名前は長谷川裕太。

父親は結構いい家の息子だったが、母親は早くに両親を亡くし、弟の孝介と二人であまり裕福ではない暮らしをしていた。

それでも父親は母親と結婚したくて、祖父母の反対を押し切って駆け落ちして結婚。

その二人は、俺が生まれて暫《しばら》くすると交通事故で亡くなった。

……と、小さい頃にはそう聞かされていたが、高校に入る時に『もう大人になったから、全ての真実を教える』と言われ、孝介から聞かされたところによると、ボンボンだった父親が貧乏生活に耐えられず、母親とほぼ無理心中のような事故だったらしい。

まだ二十代そこそこだった孝介は、長谷川の祖父母に連絡を取ったのだが、長谷川の家はもう縁を切った者の子供など知らないと相手にしなかった。

そこで孝介が俺を引き取って育ててくれた。

だが、これでも俺は子供の頃には優秀だったらしく、そのうちに興味が湧《わ》いて今度は俺を寄越せと言ってきた。

しかも結構えげつない手を使ってまで、俺を取り上げようとしていたらしい。

この辺のことを詳しく語らなかったのが、孝介の善人たる所以《ゆえん》だろう。

どんな人間でも、俺とは血の繋《つな》がったおじいちゃん、おばあちゃんになるわけだから、悪く言いたくはなかったようだ。

だが当然、孝介は怒った。

葬式にも来ず、裕太は長谷川の家とは関係ないとまで言っていたのに、子供を何だと思ってるんだ。

身勝手過ぎる、二度と拘《かか》わるな、裕太は俺が一人で育てる、と。

けれど結婚もしておらず、周囲に頼る年配の人がいるわけでもなく仕事でいっぱいいっぱいだった孝介に育児は大変だった。

その大変さを見兼ねて助けてくれたのが、孝介の同僚だった毛利《もうり》薫、『薫』だ。

薫は孝介よりも生活能力があり、育児に疲れた孝介よりずっと俺に優しかった。

なので、実の叔父は孝介だが、俺は薫の方が好きだ。

最初のうち、薫は通いで面倒見てくれていたが、そのうち同居するようになった。

長谷川裕太、根岸孝介、毛利薫という、苗字がバラバラな三人の生活が始まったのはそういう理由だ。

ちなみに、孝介は俺を正式に養子にしようと考えていたが、『それでいいな?』と訊かれた時に俺が断った。

両親の姓を消したくなかったので。

これも高校の時に聞かされたのだが、薫が同居までして俺の面倒を見てくれたのは、孝介と薫がゲイのカップルになったからだ。

……まあ、カミングアウトされなくても、薄々感じてたけど。

孝介と薫は自動車販売会社の営業として働いていたが、その時の薫の顧客に大吾さんのおじいちゃん――塩瀬のおじいちゃん――がいた。

その縁で二人は大吾さんとも知り合ったらしい。

おじいちゃんと大吾さんは、昔っから折り合いが悪かったが、お互いに相手を好きだった。でも照れと気の強さからか、会う度に『ジジイ』『バカ孫』とやり合っていた。

その緩衝材《かんしょうざい》になったのが、幼かった俺だ。

小さな子供の前でケンカなどできないが、いつも俺がいるわけではない。

一方、まだまだ若き独身サラリーマンだった孝介達は、自分達が働いている間に俺を預ける先がなくて困っていた。

四人の利害が一致し、俺は塩瀬のおじいちゃんに預けられることになった。

大吾さんにしてみれば、『ジジイの顔を見に来たわけじゃない、裕太に会いに来たんだ』という言い訳が立ったわけだ。

そのおじいちゃんが、俺が小学校の時に一度倒れた。

脳梗塞《のうこうそく》だった。

幸い、俺をお迎えに来た孝介が気づいてすぐに病院に連れていったので大したことはなかったのだが、それがきっかけで大吾さんが提案した。

「お前等、ジジイの家で同居してくれないか？」

おじいちゃんの一人暮らしが心配になったのだろう。

彼が今のマンションに引っ越してきたのも、この頃だ。

孝介達は、同居の提案に悩んだ。

おじいちゃんの一人暮らしは心配。もうリタイアして都心に近い場所に農地と古くて大きい家を持っているおじいちゃんは金銭的にも余裕がある。

俺という子供を日中一人にしておかないで済むという利点もある。

けれど、自分達がゲイのカップルであることは、伝えていなかった。

古い人間であるおじいちゃんは、どう思うだろう？

もしかしたら、これで縁が切れてしまうかもしれない。

おじいちゃんに全てを話そうと決めたのは、薫だ。

俺が思うに、顔は薫のが可愛い感じだけど、中身が男前なのは薫だと思う。

今までは言う必要がなかったから言わなかったが、言う必要があると思ったのなら、嘘や隠し事はしたくない。

まして一つ屋根の下に住むのならば、全て話すべきだ。その結果がどうなろうと、それはその時に考えればいい、と。

二人にとっては決死の覚悟だったろう。

けれどバイであることを隠そうともしない大吾さんという孫がいるおじいちゃんだ。そんなことぐらいでは驚いたりしなかった。

それなら、年寄りが一緒に住むことで孝介達のカモフラージュになるだろうと、却《かえ》ってすんなり同居を受け入れた。

というわけで、苗字の違う男三人暮らしに塩瀬のおじいちゃんが加わって、血縁関係は俺と孝介だけという奇妙な生活が始まった。

おじいちゃんと二人の父親、大吾さん達に愛されて育った俺は、複雑な家庭環境にありながら、結構真っすぐ育ったと思う。

中学までは公立だったが、高校はそれなりにいい学校に入り、大学も取り敢《とあ》えず誰もが名前を知っているところに入った。

高校入学の時に、様々な事実を知らされたけれど、それを思い悩むこともなかった。

幸せだったから。

大人になればなるほど、まだ若かった孝介が俺を養護施設に入れずに引き取ってくれたこと、血の繋がりもないのに薫やおじいちゃんが俺を愛してくれたことが、どれほど凄いことなのかもわかってきたし。

だが、今、俺は家を出て一人暮らしをしたいと思っていた。

そのために大吾さん家のハウスキーパーを始めたのだ。

それは、おじいちゃんが再び倒れたことがきっかけだ。

今度は、単に転んで骨折しただけだったが、おじいちゃんはそれでこの生活は続けられないと判断したらしい。

俺は学生、孝介達も大吾さんも、仕事が忙しい。

おじいちゃんは気骨のある人で、若い者に負担をかけてまで世話になりたくないという考えだった。

そこで、自分で勝手に老人ホームを探してきて、そこに入所することにした。

家は俺と孝介達に任せる、と言って。

大吾さんは反対しなかった。

おじいちゃんの古い家を売りたいが、それは本人が許さない。かといって自分が管理するのは面倒だからちょうどいい、と言ってくれた。

おじいちゃんの家は確かに古かった。

水回りとか、要所要所には手が入っていたが、基本は昭和《しょうわ》の日本家屋。殆《ほと》どが和室で、防音もよくはない。

それでもまあ、俺は好きなんだけど。

ただ、『おじいちゃん』という大きな存在がいなくなったことには重大な意味があった。

つまり、孝介のバカが、気兼ねすることなく薫にちょっかい出すようになったのだ。

いや、少しは気兼ねしてるのかもしれない。でも今までより慎重さに欠けるようになった。

そのせいで、ある日、俺が風呂から上がってくると、座敷で二人がイチャついているのを見てしまったのだ。

二人がゲイカップルであることは理解している。

当然そういうこともしてるだろうと、頭では理解していた。

でも、普通の家庭でも、親がイチャイチャしてる姿を見たいと思う子供はいないだろう？

その時は、わざとらしく「アチー、のぼせたー」とか声を出しながら改めて二人の前に出ていったから、それ以上の光景を見ることはなかったが、このままではいつどんな光景に遭遇するかもわからない。

夜中に親の喘《あえ》ぎ声を聞く、なんてこともないとはいえない。

そこで俺はこの家を出て行く決意をした。

「大学生になったし、成人式も迎えたんだから一人暮らしがしたい」

……と、言うつもりだった。

だが、孝介も薫も反対するだろう。

家を出たい理由が言えないので、強くは出れない。

それに家を出るにはお金がいる。引っ越し代金、家賃、家具家電。

学費は出してくれるだろうが、それ等のお金は出してもらえないかもしれない。

そこで、俺はまずそのお金を貯めることにした。反対されたら『じゃあ自分のお金でする』と言えるように。

最初は友人の紹介してくれたカラオケ屋のバイトを始めたのだが、勤務時間が遅いし、お酒が出る店だということで、すぐに反対されてしまった。

小遣いはもらっていたので、そこまでして働かなくてもいいと言われると、これまた強く出られない。

そこに助け舟を出してくれたのが、大吾さんだった。

高校の時、事実を知らされて少しだけ悩んだ時に彼に相談したのだが、大吾さんは二人の関係を知っていた。

「裕太みたいに素直な子供はいない。認めたくないが根岸と毛利の育て方がよかったんだろう。どうだ、大人になったら俺のお嫁さんにならないか」

と子供の頃から言っていたのは、深読みすると、俺に男性同士の恋愛に免疫をつけ、孝介達のことを褒めているつもりだったのかも。

真実はわからないが。

まあ本気でなかったことだけはわかる。

だって初めて言われたのは小学生の頃だったのだもの。

で、俺は家を出たいということを大吾さんに相談した。その理由も、全て。

すると大吾さんは孝介達に彼から言い出してくれたのだ。

「俺のマンションはサービスが行き届いてはいるが、前々から他人に勝手に部屋に入られるのは嫌だと思ってたんだ。そこで考えたんだが、裕太にハウスキーピングのバイトを頼みたい。俺が会社に行ってる間に掃除と洗濯をしてくれるだけでいい。まあできれば食事も作ってくれるとありがたいが。もちろん、バイト代はちゃんと出す」

俺から、ではなく大吾さんからというのがミソだった。

俺がバイトしたいんじゃない、大吾さんの頼みだから引き受ける、という形をとったのだ。

孝介は、いつもの大吾さんの軽口、『嫁に来ないか』を結構真面目に受け取っていて、難色を示した。

けれどここでも薫が決定権を持っていた。

「基本夜の七時までには帰す。何か用事があってそれより遅くなる場合は、必ず連絡を入れる。大学の試験期間には仕事は休む、無茶な仕事は頼まない、と約束するならいいよ」

大吾さんは薫にも信用されてないっぽいけど、取り敢えずはＯＫをくれた。

こうして、俺のバイトは決まり、今日まで順調に続いているわけだ。


「ただいま」

家に着くと、中からは夕飯のいい匂《にお》いが漂っていた。

「おかえり。お腹空《す》いただろう」

廊下の奥から響く声は薫のだ。

男三人の暮らしでは、料理担当はローテーションになっている。

今夜は薫が当番、というわけだ。

「空いた。孝介は？」

と答えながら台所へ顔を出す。

大吾さんのマンションはキッチンだが、この家は台所と呼ぶ方が相応しい。

「残業。あともうちょっと遅くなるんじゃないかな？」

壁に掛かった振り子時計を見ながら薫が答える。

もうとっくに四十を過ぎているのに、細身で可愛い顔立ちの薫は、三十代、いや、ヘタしたら二十代にも見える。

一緒に歩いていると父親ではなく兄弟に見られることが多い。

ただ本人は女顔なのが嫌みたいだけど。

「大吾さんとこの夕食は何にしたの？」

「クリームシチュー。途中で一回帰ってきて、今晩は遅くなるって言ってたから、食べるのは明日の朝ご飯になるかもね」

「精力的だからね、あの人は」

薫の手元を覗《のぞ》き込むと、ボウルに入ったタレに肉を漬け込んでるところだった。

「あ、ショウガ焼き」

「好きだろう？」

ちょっと自慢げな声。

好物だって知ってるよ、って声だ。

「好き。手伝おうか？」

「いや、もう焼くだけだから。根岸が帰ってくるまで待てる？」

「二人だけで食べると拗ねるから、待っててあげる」

「優しい子だ。我慢できなかったら、パン焼いてもいいよ」

「ショウガ焼きなら腹ぺこのが美味《うま》いからいい」

言いながらテーブルに茶碗と箸《はし》を並べる。

言われる前に動け、は我が家の家訓だ。

「大吾さん、やっぱりおじいちゃんのところに行ってなかったって。だから今度一緒に行くことにした」

「裕太と？」

「でないとバツが悪いみたい。ホームで営業したらしいよ。それでおじいちゃん怒らせたって」

「彼らしいね」

下ごしらえが一息ついたのか、薫が手を洗ってお茶を淹れてくれる。

一緒にテーブルに着くと、俺は薫を見た。

目元にちょっとだけある笑い皺が、年齢らしさを感じさせる。

「この台所のテーブルも買い替えたいね」

年季の入ったテーブルを撫《な》でて言うと、薫は首を振った。

「塩瀬さんが戻ってくるまで、この家のものは何一つ買い替えないよ」

おじいちゃんが亡くなるまで、ではなく戻ってくるまで、と言うのが薫らしい。

「ここは塩瀬さんの家で、全てに思い出が詰まってるだろうから」

「それもそうだけど、いない間に壊れたら寂しいんじゃない？　これはこれでとっておいて、新しいのを買うって手もあるよ。丁寧に扱ってるつもりだけど、男四人で使ってきたわけだし」

「まあねぇ……」

薫の手もテーブルを撫でる。

そこには小さな傷もあるし、塗装のニスが剝《は》がれたところもあった。

生活から、一人が欠けるというのは寂しいものだ。

「考えておくよ」

おじいちゃんがいたら『考えとくなんて言わずにさっさと決めちまおう』と言うのだろうが、俺と薫だけだと何となく会話が尻つぼみになる。

おじいちゃんの存在って大きかったんだなあ。

「明日の朝ご飯は俺だけど、何か食べたいものある？」

「何でも。裕太は根岸より料理上手いからね」

「孝介、料理上手くないよね……」

「下手じゃないんだけどね……」

二人で過去の孝介が作った料理を思い出し、短い沈黙が流れる。

「きっとイラチだからだよ。味見しないで適当に作るじゃん。ちょっと味見すればいいだけなのに、妙に確信持って作るんだよね」

「覚えるまでは一生懸命なんだけど、覚えちゃうと自己流になるんだよね」

「俺はわかってる、って自信ができちゃうんだよね。だから長く作ってるものほど味が微妙」

「性格出てる」

「そうそう」

二人で孝介を肴《さかな》に笑い合う。

「頑固だけど雑なんだよ、孝介は」

と言ったところで、玄関の開く音が聞こえた。

「あ、帰ってきた」

ただいまも言わず、足音だけが近づいてくる。

薫は湯飲みを持って立ち上がり、料理の支度にかかった。

「おかえり」

俺の周りって、ホントイケメンが多いよな。

薫は可愛い系のイケメンだが、大吾さんと孝介はカッコイイ系のイケメン。更に言うなら、大吾さんが濃いめのイケメンで、孝介はクール系？

顔がいいから、疲れた感じが色気になってる。

「今日もアイツのとこ行ってきたのか」

アイツ、とは大吾さんのことだ。

どうしてそんなに嫌うかな。

いや、嫌いではないのか、一緒に飲みに行ったりもするらしいし。でも警戒してる雰囲気はビシバシ出ている。

まさか本当に俺にどうこうするって思ってるわけじゃないだろうな。

「行ってきたよ。バイトだもん。明日も行くよ」

「だったら、塩瀬さんのところに顔を出すように言ってこい」

「もう今日言った。今度行くって」

俺が一緒に、とは伝えない。孝介はすぐ『そんな必要はない』とか文句をつけるから。

嘘はつかないが、言わなくていいことは言わない方がいい。

「大学の方はどうだ？　ちゃんと勉強してるか？」

「してるよ。毎日毎日同じことばっかり訊《き》かないで」

「大学に入ってから、ずっと成績優秀だったんだから、心配しないでいいよ。根岸は心配し過ぎなんだよ、いくら裕太が可愛いからって、世話焼き過ぎると嫌われるよ」

ちょっと険悪っぽいムードを感じたのか、薫が口を挟む。

「別にそういうわけじゃない。学生の本分は勉強だから……」

「俺達だって、大学生の頃は適度に遊んでただろ？　それに、裕太が不真面目になるような教育はしてこなかった。だから安心して着替えておいで。ご飯できるよ」

薫に言いくるめられ、孝介はむすっとした顔になった。

だが逆らえるわけがない。

この家で、おじいちゃんがいなければ薫が一番強いのだ。

「ほら裕太も。手を洗って」

「はーい」

熱したフライパンに肉が投入され、いい匂いが一気に広がる。

薫だけでなく、この匂いの前にも、逆らうことはできなかった。

「カバン、部屋に置いてくる」

と言って台所を出ると、暗い廊下を進んで自分の部屋へ向かう。

俺が先にいなくなったから、二人はキスぐらいしてるんだろうか？

あんまり想像したくないな。

夕飯の匂いが漂う静かな家。

帰ってくるなり小言を言う父親と、それをいなしながら料理する母親。

ちょっとビジュアルは違うだろうけど、どこにでもある家庭の風景。

俺は、とても幸せだ。

高校の頃には男ばかりの家庭をからかわれたこともあったけれど、恥じるところはなかったので気にしなかった。

でもやっぱり、俺はここを出ていきたいのだ。

「あーいい匂い」

と、わざわざ声を出しながらでなければ台所に戻れない生活は辛いので……。

大学での生活は、概《おおむ》ね順調だった。

孝介達の影響で選んだ経済学部での勉強はそれなりに楽しかった。

中学や高校の頃と違って、友人の家庭事情に興味を持たれることもないので、ウチの複雑な家庭環境を口にすることもない。

事情を知ってる友人達にも、それをからかうような者はいない。

「裕太、帰りカラオケ行かない？」

と誘ってくれる友人もいる。

「ごめん、今日バイト」

「そっか。じゃ、また今度な」

「うん。また誘って」

俺は自転車に跨《また》がり、大学を後にした。

色々とちょっかいをかけてきていた長谷川の家は、最近曾孫《ひまご》が生まれたことと、孝介のバックに塩瀬のおじいちゃんがついたことでもう何も言ってくることはなくなった。

他人に『変わっている』と言われていたことがいつの間にかどうでもよくなって。『変わっている』ことなんて実はどこにでもあるのだと気づく。

変わっていることは特別なことじゃないんだと。

そうして色んな装飾がついても、自分は平凡なんだと思わされる。自分のことだけを説明するなら、俺はただの大学生になってしまうわけだし。

変わった人になりたいわけじゃないけど、ビックリするようなことは体験してみたいな。

……孝介達のイチャイチャを見てしまうようなことじゃなくて。

体力作りのため自転車通学だが、そろそろ日差しも強くなってきたから、電車通学に変えようかな、と考えているうちに目的のスーパーに到着。

ここで今夜の夕飯の材料を買って、大吾さんのマンションへ向かう。

昨日のシチュー、食べきってないんだろうな。

だったらあれを使ってグラタンみたいなものを作ろうか？

昨日、今日の分はリクエストがなかったし。

俺が作る料理は孝介のよりは美味いだろうけど、凄く美味《おい》しいものができるというわけではない。

薫が、男の子でも料理ぐらいできるようにしなさいと言うので小学校の時から細々《こまごま》と教えられただけだ。

高校の時にちょっとハマッて頑張ったけど。

なのに大吾さんは俺に料理を求める。

お金持ちなんだから、外食したりデパ地下で美味《おい》しいお総菜でも買えばいいのにと言ったことがあった。

そしたら、「俺をデブにするつもりか」と言われた。

「出来合いのもののカロリーの高さは半端じゃない。バターたっぷり、クリームたっぷりなんてのは時々でいいんだ」

まあ確かに。

更にこうも続けた。

「俺の母親はキャリアウーマンで、メシといえばデリバリーが多かった。だから家庭料理に憧れてるんだ。お前の作った料理を食べる時には、お前が作ってるところを想像して食べる。そうすると一人で食っても楽しいんだ」

そんなふうに言われると、一生懸命作ってやりたくなるじゃないか。

塩瀬のおじいちゃんの息子、大吾さんの父親は、今もアメリカにいる。

徹底した個人主義らしく、おじいちゃんのことを息子に託し、もう多分日本には戻ってこないだろうということだった。

それぞれがそれぞれの場所で活躍しているならそれでいいだろう、という考え方らしい。

おじいちゃんは薄情者だとぼやいていたけど、今更帰ってきても面倒だとも言ってたし、結局一人で老人ホーム行きを決めてしまったのだから、似たもの親子だと思う。

血の繋がりはあるけど、実の親子ではない孝介の過保護っぷりを考えると、ウチとは違うなぁとも思う。

大吾さんがバイセクシャルなのも知ってるけど、おじいちゃん同様何も言わないらしい。

連絡を取ってる姿も見たことはない。

大吾さんがウチに拘わろうとするのは、家庭的な雰囲気を求めてのことなのかも。

チーズとバゲット、タマネギと豚肉を買って、再び自転車に跨がり大吾さんのマンションへ。

長い塀の向かいには、また何台かの車が停まっていた。

いつかマンション側から注意されるんじゃないかと思っていたが、駐車禁止区域ではないらしいし、公道だから何も言えないようだ。

鍵を使って中に入り、買ってきた物を冷蔵庫に入れる。

クリームシチューは余ったら鍋ごと冷蔵庫に入れておくようにメモを残しておいたのを、ちゃんと守ってくれたようだ。蓋《ふた》を開けて確かめると、思ったよりも中身は減っていた。

これじゃグラタンには足りないかな。

ご飯を敷いてドリアにした方がいいかも。

でもまずは掃除だ。

おねだりして買ってもらった最新型の掃除機を取り出す。これ、本当は家に欲しかったんだよな。凄いパワーだし。

　でも我が家では、今ある物が壊れない限り買い替えることはないだろう。

　一階にある、大吾さんが仮眠室と呼ぶ個室から始める。

　リビングの横にあるこの部屋は、ベッドだけが置かれている、この家では小さな部屋で、彼が二階の寝室まで階段を上るのが面倒な時に使われている。

　ベッドは三日前に綺麗にした時のままなので、あの後使ってはいないのだろう。

　ベッド下までキッチリ掃除機をかけ、今度はリビングだ。

　だが、掃除機を持ってリビングに戻ると、玄関から物音がした。

　また帰ってきちゃったのか。

　掃除してる時は邪魔だから、あんまりいて欲しくないんだけどな。

　ドアが開く。

「おか……」

『おかえり』、と言おうとした言葉が途中で止まる。

「面倒臭いから直接来ちゃったわ。相変わらずいいところに……」

　入ってきた人物の言葉も途中で止まる。

　互いに自分が想定していたのとは違う人物を目にして、硬直したように動きを止めて、相手を見た。

大きな銀のスーツケースを足元に置いて立ち尽くすのは、紫のスーツを着た金髪の外国人女性。

モデルばりに美人だけれど、その胸には何か大きな荷物を抱いている。

いや、荷物じゃない。

小さく動いたし、オモチャみたいに小さな手が見える。

赤ちゃん？

「あなた、誰？」

女性が声を上げる。

「そっちこそ、どなたですか」

詰問され、反射的に問い返す。

だが彼女は質問には答えなかった。

「まさか、ダイゴの新しいラバー？」

ラバー……恋人ってことか？

「何てこと、あいつったら。許せないわ」

彼女は怒りの声を上げた。

「手が早いとは思っていたけど、まさかこんな子供にまで手を出すなんて。最低だわ。見そこなったわ」

「いや、あの……」

「あなた。すぐにここを出て行きなさい」

「は？」

「ダイゴは私がきつく叱《しか》っておくわ」

「何で俺が出て行かなくちゃならないんですか？　第一、あなたいったい何者なんです」

「私は……、ダイゴの恋人よ」

今度は『ラバー』ではなく『恋人』と言った。日本語がとても達者だ。『大吾』のイントネーションがちょっと変わっているけど。

でも……。

「恋人？」

俺はもう一度女性を見た。

どう見ても外国人。

肩まである金の髪、目はブルー。ちょっときつめの顔立ちの美女。

日本人はあまり着ないような紫のスーツに包まれた身体はナイスボディ。

派手好きの大吾さんの好み、……かもしれない。

何より、彼女はここにいる。

門も、玄関もその手で開けてきた。

ここのところ玄関の暗証番号のロックは切っていた。ということは彼女が合鍵を持っているか、彼女が来るのをわかっていて、ロックの電源を入れたってことだ。

その時、再び玄関から音が聞こえた。

「ベリンダ！　来てるのか、ベリンダ！」

今度こそ、大吾さんの声だ。

すぐに本人はリビングに姿を現し、俺より先に女性を見た。

「ベリンダ」

そして俺なんか目に入っていないかのように、彼女を抱き締めた。

「迎えに行くと言っただろう」

「疲れてたのよ」

そしてキスを交わす。

頬《ほほ》に、だけど。

「結果が出たわ。あなたの子よ」

ベリンダ、と呼ばれた女性は抱いていた赤ちゃんを彼に見せた。

……あなたの子？

「本当に？」

大吾さんの顔が固まる。

「ええ。間違いないわ」

でもベリンダの言葉を否定はしない。

……どういうことだ？

「あ、そうだわ、それよりあなた、どういうことなの。こんな子供を引っ張り込んで。いくら手が早いっていっても、こんな子供を」

……子供、子供、連呼するな。

そして彼女の怒りを受け、初めて大吾さんは俺の存在に気づいたかのような顔をした。

「裕太」

俺は何も言わなかった。

大吾さんが何を言うのか、待ちたかった。

「彼は違う、ベリンダ」

「あなたのセックスの相手じゃないっていうの？」

「彼は友人の息子で、ここのハウスキーパーのアルバイトをさせてる。それに、もう二十歳を過ぎてる」

「あら」

彼女は自分が失言をしたと思ったのか、驚いて口を押さえた。

単純に驚いただけかもしれないが。

「ごめんなさい、シツレイなこと言ったわ」

改めて、微笑《ほほえ》みを浮かべながら俺を見る。

「誤解してごめんなさい。ダイゴの素行が悪いものだから、つい」

「ベリンダ、古い話をするな。それより、詳しい話を……。裕太」

大吾さんは俺を手招いた。

「何？」

不機嫌さを乗せた声で返事をする。

「ちょっと来い」

だがそれに気づく様子もなく、もう一度呼ばれ、俺は渋々近づいた。

「何？」

「俺は彼女と少し話がある。その間子供を見ててくれ」

「俺が？」

大吾さんは彼女から大事そうに子供を受け取り、俺に渡した。

「頼んだぞ」

「ち……、ちょっと待ってよ。俺、赤ちゃんなんて……」

「大丈夫よ、マイクはおとなしい子だから。ぐずったら、ジュースをあげて。ストローで。ああ、添加物の入ったのはダメよ。一〇〇パーセント果汁のをね」

さっきまでの険《けわ》しい表情が消え、更に美貌《びぼう》に磨きがかかった顔で、微笑まれる。

そして二人は連れ立って階段を上っていった。

話し合うなら、ここでもいいのに。

俺に聞かれたくないなら、そこの仮眠室でもいい。何でわざわざ二階に。

何となく気持ちが収まらないでいると、腕の中の子供が身じろいだ。

「うー……」

子供の面倒って……。

「どうしろっていうんだよ」

いつもと同じ一日を送るはずだったのに。

突然放り込まれた非日常に、俺はただ呆然《ぼうぜん》とするだけだった……。


黒い髪に青い瞳。

小さな手は、何かを握っているかのように丸まっている。

赤ちゃん？　子供？

生後何カ月ってわけじゃないよな、首は据わっているみたいだし。

でも、まだ喋《しゃべ》れるってほどでもなさそうだ。

俺の腕の中で「うー」とか「あー」とか言いながら、身体を捩《よじ》っている。

抱かれてるのが嫌なのかな？

俺はそっとソファに子供を下ろし、横たえた。

だがここでも身体を捻《ひね》るので危うく落ちかける。

「おっと」

慌《あわ》てて身体を抱きとめる。

「マミ……」

「え？」

「マミ」

「マミって……マミィ？　ママ？」

と言われても、母親は二階だし……。

「マイク？」

名前を呼ぶと、顔がこちらを向いた。

自分の名前がわかるのか。

だからといって会話はできそうもないな……。

「ユータ」

でも一応自分を指さして名乗ってみる。

「マイク、ユータ」

と、それぞれを指さしてもう一度。

だがキョトンとした顔だ。

……可愛い。

母親が美人だから当然なのだが、外国人の子供ってお人形みたいに可愛いよな。髪の毛もふわふわだし、目もクリッとしてるし。

うむ。

何があろうと、子供には罪はない。

俺は身体を包んでいた抱っこ用の布を外してやった。

これが嫌だったのか、外してる途中にもその布を摑《つか》んで捨てるような素振りを見せた。

「ハイ、ハイ。やぁなのね」

布をすっかり外してから、もう一度抱き上げてやる。

子供って、体温高いな。布に包まれてたせいかもしれないけど、マイクの身体はホカホカしていた。

「確か、抱っこしながら歩くのがいいんだっけ？」

何かの本で、グズる子供をずっと抱っこしながら歩き回った女性の苦労話が書かれていたのを思い出し、その通りにしてみた。

軽く揺すりながら、リビングを歩き回る。

これは気に入ったようで、笑顔になり、ぐずりがやんだ。

何を言ったらいいのかわからず、名前だけを繰り返しながら歩き続ける。

「マイク。マーイク」

あの女性……。

ベリンダと大吾さんって、どういう関係なんだろう。

『あなたの子よ』って言ったけど、まさか本当にこの子が大吾さんの子供なんだろうか？

確かに、ベリンダさんは金髪なのにこの子は黒髪。大吾さんの顔立ちは彫りも深くて濃い感じだから、この子に似ていると言えないこともないけど……。

でもさんざん俺に嫁に来ないかとか言ってたのに、そしらぬ顔で女性とも付き合ってたワケ？

いや、別に俺の恋人ってわけじゃないんだからいいんだけど。

でも不実じゃないか。

俺に、じゃないぞ。ベリンダさんに対して、だ。

そうだよ。

子供まで作るような関係なのに、結婚もしないでふらふらしてるなんて。

胸の中がもやもやするのは、そのせいだ。

大吾さんはいい加減なところもあるけど、基本的にはちゃんとしてる人だと思っていた。なのに、女性に対して不実だったことに怒ってるんだ。

あんな美人の彼女がいるのに、他の人を口説くような真似して。

いや、俺は子供扱いだから、子供をからかってただけかもしれない。

だとしたら、俺に失礼じゃないか？　男の俺に好きとか嫁とかって。今までは軽口だと思って聞き流していたが、ちゃんとした相手がいるのにそういうことを言うのは悪いことだ。

何にせよ、許し難い。

大吾さんが悪い。

「待てよ、まだ話は終わってないだろ」

「仕方ないじゃない、時間がないんだもの」

声だ。

言い争いをしながら、二人が下りてくる。

また二人だけの世界で、俺の存在を無視したまま会話し続けていた。

「だったら車で送っていこう」

「いいわよ、別に」

「送らせろ」

まるで映画のワンシーンみたいに、背を向けるベリンダの腕を取って振り向かせる。

目が合うと、彼女はタメ息を漏らして微笑んだ。

「……わかったわ。じゃ、送って頂戴《ちょうだい》」

そしてまた抱き合う。

何なんだよ、この二人は。

「お帰りになられるのでしたら、赤ちゃんをどうぞ」

できあがった雰囲気を壊すように、俺は口を挟んだ。

「悪いな、裕太。俺が戻るまで子供を頼む」

「え？」

「なるべく早く戻るし、遅くなるようなら俺から毛利に電話を入れておく」

「ちょっと待ってよ。俺、子供の世話なんてできないよ」

「彼、ベビーシッターができるの？」

「裕太は優秀な子さ」

ベリンダの心配に俺を褒めるようなセリフを口にしながら、大吾さんは彼女の背に腕を回して促した。

「行こう。後は車の中で話そう」

「大吾さん！」

今話すべきは、その女性とじゃなくて、俺とじゃないの？

「頼むわね、必要なものはスーツケースに入ってるから」

「マミ」

腕の中のマイクが、母親に向かって手を伸ばす。

彼女は大吾さんから離れ、マイクの顔中にキスをした。だが受け取ろうとはしない。

「幸せになるのよ、マイク。ダイゴはきっとあなたを愛してくれるわ」

そして二人は部屋を出ていった。

「ちょっと待ってよ！」

と叫ぶ俺と、母親を求めて泣きだしたマイクを置いて……。

「説明ぐらいしろよ……」


その後は、最悪だった。

育児の経験のない大学生と泣いている子供。

一度は落ち着いていたのだが、母親が姿を見せた後にいなくなったせいでまたマイクはぐずりだした。

何かおとなしくさせるヒントはないかと、彼女の置いていったスーツケースを開けてみた。

中に入っていたのは、着替えとオムツと玩具《がんぐ》。

輪っかになった柔らかいぬいぐるみ？　みたいなものを握らせると、一旦は静かになったが、再び泣きだす。

今度は抱いても、何をしても泣きやまないので、スマホで赤ちゃんの泣く理由、というのを検索してみた。

空腹とオムツ。

考えてみれば当たり前の原因だ。

他にも、病気や怪我などもあったが、ついさっきまでおとなしかったのだから、これはないだろう。

……多分。

赤ちゃんの食事といえば粉ミルクと哺乳瓶だが、荷物の中にそれはない。

ということはこの子はもう離乳食なのか？　それとも、たまたま入れ忘れただけなのか？

薫なら、知ってるかもしれない。

だが今は仕事中だ。

赤ちゃんの世話の仕方を教えて、なんて言えるわけはない。

取り敢えず、ストロー付きの両手マグが入っていたので、彼女の言葉通り、一〇〇パーセント果汁のジュースを飲ませてみた。

小さな口が、ストローに食らいつき、勢いよく吸い上げる。

空腹か……。

おとなしくジュースを飲んでる間に、俺はやっと気づいて大吾さんにメールした。

『この子、生後何カ月なの？　何歳なの？　お腹空いてる時には何を食べさせればいいの？　お母さんに訊いて、すぐメールして』

子供を他人に頼むんなら、それぐらいは教えてゆくべきだろう。

返信には、少し時間がかかった上に、とても読みにくかった。

多分、大吾さんではなく、ベリンダさんが打ったんだろう。

『十カ月ぐらい。ゴハンレトルトスーツケースあり。ぬるく暖めてゆっくり』

間違いなく、『暖め』は『温めて』だな。

つまり、マイクは生後十カ月ぐらいで、レトルトのご飯がスーツケースに入ってるから、それを温めてゆっくり食べさせてくれ、ってことだろう。

年齢がわかれば、検索がしやすい。

今度ば十カ月、食事、と入れてみた。

生後十カ月の子供は腰が据わり、ハイハイのスピートが上がる、とあった。

そして離乳食後期だとか、食べてる最中に食べ物を手で摑むとか。食事をしない時には断乳しろとか。

顔を認識する、言葉に反応する、人見知りもする。

今必要なのかそうでないのかわからない情報がズラズラと書かれていた。

取り敢えず、スーツケースの中身を全て出して並べ、必要と思われるものを確認する。

レトルトのパックはすぐに見つかったが、三つしか入っていなかった。つまり、三食分だ。

ネットで調べたところによると、十カ月だと一日三回食事をさせるとのことだったので、これでは一日分しかない。

もし本当に大吾さんの子供で、彼が引き取るつもりなら、絶対量が足りない。

後で離乳食を検索して作らなくては。

と思っている間にジュースを飲み終えたマイクがまたぐずる。

慌てて離乳食を温めて食べさせた。

「美味しい？」

と問いかけても返事はないが、一口食べるごとに手をバタバタさせるってことは、まあまあ美味しいと思っているのだろう。

後学のために俺も一口食べてみたが、味がなくて美味しいとは言い難かった。

赤ちゃんの味付けは濃くしてはダメってことだ。

ネットに書かれているよりマイクはおとなしく、食事の最中に暴れるようなことはなかったけれど、次には最大の難関がやってきた。

オムツだ。

突然、全ての表情をなくし、怒ったように口を引き結んだかと思うと、見る見る顔が真っ赤になり……。

彼は事を成し遂げた。

これは……、なかなかの修行だった。

いや、苦行だ。

テレビのコマーシャルなんかでは簡単にやってるが、そんなもんじゃない。

小さなバタバタする足が汚れないように、注意しながらお尻を拭いて、オムツを取り替えるのは一苦労だ。

どうしてオムツってこんなに臭うんだろう。

レジ袋で三重に包んでも、まだ何か匂う気がする。

お風呂、入れた方がいいんだろうか？

赤ちゃんって、普通にお風呂入れていいもの？　何か沐浴剤《もくよくざい》とかって入れるんだっけ？　それはもっと小さい時か？

悩んでいる間に、やっとマイクが目を閉じて寝入ってくれた時には、心からほっとした。

「疲れた……」

思わず声が出てしまうほど。

けれど寝顔を見ると、その疲れも吹っ飛んでしまう。

ぽっぺたぷくぷくで、突き出すようにした唇が呼吸に合わせて動く。

こんな小さいのに、全部のパーツが大人と一緒なのが不思議。

赤ちゃんって、どうして寝る時に手を握るんだろう。まだ筋が短くて、パッと開けないからなのかな？

丸まった指の中に自分の指を突っ込んでみると、意外と強い力できゅっと握られた。

「……可愛い」

さっきまで苦労させられたのに、それとこれとは別って気にさせる。

ソファでは幅がないので、寝返りを打って落ちたら大変だと、小さな身体をそっと仮眠室のベッドへ移す。

半端な知識で、俯《うつぶ》せ寝で窒息《ちっそく》という言葉が頭に浮かび、動き回ってベッドからも落ちるかもしれないと心配になり、自分も隣に横たわった。

スーツケースの中身は出しっぱなしだし、夕飯の支度もしていなかったけれど、もうどうでもよかった。

文句を言われたら、俺がどれだけ苦労したかを懇々《こんこん》と説教してやる。

甘いミルクの匂い。

ミルクはあげていないのに、身体に染み付いているんだろうか。

俺にも、こんな時代があったんだよな。

薫が出会った時、孝介は俺の世話が大変で、キリキリしてたって言ってたな。確かに、働きながら小さな生き物を育てるって大変だ。

ほんの数時間見ていただけで、俺も疲れた。

いや。

俺が孝介のところに来た時はもうちょっと大きくて、もっと『人間』っぽかったはずだ。もしマイクぐらい小さかったら、キリキリどころかヘトヘトになっていただろう。

あの恐い顔した孝介が泣きっ面になって薫に助けを求めるところを想像すると、ちょっと笑ってしまう。

実際、そんな場面があったから、孝介は薫に頭が上がらないのかも。

……大吾さんは、これからどうするんだろう。

あの人一人でこの子の面倒が見られるんだろうか？

大吾さん、ガサツなところがあるしなぁ。こんなに柔らかくて小さな生き物を相手にできるんだろうか？

仕事だってあるだろうし、ベビーシッター頼むしかないだろう。家に他人を入れたくないって言ってたけど、背に腹は代えられない。

そうしたら、俺はどうなるのかな。

ベビーシッターを入れられるなら、ハウスキーパーも入れられるかも。いや、それを兼任する人を雇うかも。

俺がここに来る理由が、なくなってしまう。

ずっと続けばいいと思っていた、楽しい時間を失ってしまう。

まだそう決まったわけじゃないけどさ。

それにしても、二人は、どこまで行ったんだろう。

彼女の泊まってるホテル？

日本語が堪能だったから、日本に住んでるのか？

まさか、あのまま飛行機に乗ったりしないよな。そうだとしたら、本当に大吾さんに子供を渡しに来ただけってことになる。

こんな小さい子供を他人に預け……。

他人じゃない？　本当に大吾さんが父親なのか？

頭がもやもやする。

もやもや、は胸に使うもんだっけ？

どっちにしろ何かがもやもやする。

取り留めなく、疑問と不安が頭の中を駆け巡り、それを考えてることが面倒だと思い始めた頃、瞼《まぶた》が重くなってきた。

寝てはいけないと思いつつ、抵抗できずに目を閉じる。

そしてウトウトしかけた時、誰かが肩を揺すった。

「何……！」

「シッ」

大吾さんだ。

「寝たか」

囁《ささや》くような低い声。

マイクはまだ眠っていた。

「さっき寝たとこ」

俺はベッドを下り、大吾さんを見た。

「このまま一人で寝かせておいて大丈夫だと思う？」

「大丈夫だろ」

「じゃ、ちょっと来て」

大吾さんの手を取り、仮眠室からリビングに出た。

大丈夫、と言われても心配だから、ドアだけは開けておく。

リビングのソファの前まで来ると、俺は大吾さんを振り向いた。

「どういうことなのか、説明してくれるんだよね？」

「説明？」

何のことだ、という顔が憎らしい。

「あの人と子供のこと」

と言って初めて、納得したように頷《うなず》く。

「ああ」

大吾さんはポケットからタバコを取り出し、口に咥《くわ》えた。

「まさか吸うつもりじゃないだろうね？　赤ちゃんがいるのに」

俺の冷たい視線を受けて、一旦は手を止めたが、そのまま火を点《つ》ける。

「別室だからいいだろ、エアコンも点いてるし」

「そういう問題？」

「ここは俺の家だ」

開き直ったな。

「じゃ、せめてカウンターで吸って」

大きな身体を押して、キッチンのカウンターに連れていく。

いつもはそんなに吸わないのに、何でわざわざこんな時ばっかり。

それでも一応灰皿は出してあげる。

「コーヒー頼む」

ムッとしたが、自分も飲みたかったので黙ってコーヒーを淹れた。

「はい」

カウンターに座った大吾さんの前に、ドンとカップを置き、一つ空けた椅子に自分も座る。

説明して、と頼んだのだから、説明してくれると思った。

だが彼の口から出たのは説明ではなかった。

「裕太、給料上げてやるから、明日っからベビーシッターも引き受けてくれ」

「はぁ？」

「あの子は暫くここで預かることにした」

「預かる？　大吾さんの子供じゃないの？」

「俺の？」

「だってあのベリンダって人が結果が出たって、あなたの子よって言ってたじゃないか。ＤＮＡ鑑定かなんかされたんじゃないの？」

「気になるか？」

にやっと笑われてムッとする。

こんな大切なことを茶化すなんて。

「別に」

だから虚勢を張った。

気になるし、知りたいとは思うのだけれど、俺からそれを言い出すのは何だか負けるような気がして。

「俺がベビーシッター引き受けなかったらどうするの」

「基本は俺がやるが、誰かを雇うことになるだろうな」

「大吾さんがやる？　できるの？」

「学生時代、ベビーシッターのバイトはしたことがある。まあ昔取った杵柄《きねづか》ってヤツだな」

「ベビーシッターのバイト？　大吾さんが？」

「アメリカじゃポピュラーなバイトだ。難しいことはないさ。マイクはもう首も据わってるし、食事も離乳食だ」

俺がやらない、と言ったら困るかと思ったのに、気にしてない。

それがまた気に障った。

断ってもいいんだぞ、という態度が見え隠れしてる。

期待されたら断って困らせてやろうかと思ったけれど、どうでもいいと思われてるなら悔しいじゃないか。

俺には無理だって思われてるみたいで。

そりゃ赤ちゃんの世話は大変だったけど、できないわけじゃない。

「そうはいっても、大吾さんの学生時代なんて、昔の話でしょ」

「まあそうだが」

「昔取った杵柄程度の人にマイクを任せるのは心配だから、来てあげてもいいよ。一人暮らしするのにお金欲しいし」

大吾さんのためじゃない。マイクとお金のためだ、という態度をとる。

やりたいわけでもないんだぞ。やって『あげてもいい』だからね。

「随分気に入ったんだな」

「そりゃ、可愛いもの。ベビーシッター引き受けるんだから、事情は説明してよ」

これで話が聞けると思ったのに、そうはならなかった。

「それは大人の話だ」

「俺が子供だっていうの？」

睨《にら》みつけると、彼は視線を逸《そ》らした。

「いや、そういうわけじゃ……。まだ色々と問題があるんだ。それが決まったら、説明する」

「それって、マイクは大吾さんの子供じゃないかもしれないってこと？」

マイクは誰の子なの？　違うなら違うとハッキリ言って。

その問いが頭に浮かんだ時、俺は自分がそのことを一番気にしているのだと気づいた。

気づいたけれど、口にはしなかった。

説明してって言ったのにしてくれなかった。話をはぐらかした。ということは言う気がないということだ。

言う気がないとわかっているのに重ねて尋ねるのは、こちらが凄く気にしてると言ってるみたいじゃないか。

いや、気にはなってるんだけど、それを知られるのが嫌だった。

「今日はもう帰っていい？　食事は作ってないけど、もう時間だから。今日遅くなるって言ってないし。もし残って欲しいなら、薫に電話してよ」

俺は追及を止め、それならもういいという態度をとった。

「いや、今日はもう帰っていい」

「このこと、薫達に言ってもいいの？　それとも秘密？」

「別に言ってもいいぞ。隠すようなことでもない」

ああ、またもやもやする。

何でだろう。

別に変わったことを言われたわけではないのに。

「わかった。じゃ、明日はいつも通り講義が終わったら来るよ」

「ああ。ありがとう。今日はお前がいて助かった」

「別にお礼なんていいよ。仕事だもん」

「寂しいこと言うなよ、俺のためだからぐらい言ってくれよ」

今日の大吾さんの言葉は俺の気持ちを逆撫でする。

いつも言われてる軽口なのに。

子供を作るような恋人がいるくせに、何も説明してくれないくせに、何が『俺のため』だ。

「くだらないこと言ってないで、そこの荷物片付けといてよ。それと、オムツもレトルトの離乳食もほどんど入ってないから、買い足すなら後でメール頂戴」

「はい、はい。それじゃ、毛利達によろしく」

「じゃあね」

軽く答えて、俺は部屋を出た。

大吾さん、ちょっと疲れてるように見えたな。

赤ちゃんの相手をして疲れたのは俺だ。

女性を車で送り届けるだけでどうして疲れなければ……。

女性と二人で疲れること。

今までも、大吾さんは女性や、時には男性を相手にしたような話を漏らすことはあった。

俺が子供だから、大っぴらに言うことはなかったが。話していてそれと察するような言葉を零すだけでも、それはわかった。

その時はただ呆《あき》れるだけだったのに、どうして今はムカムカするんだろう。

俺に子供を押し付けて遊んでいた、と思うから？　『相手』がはっきり目の前に現れたから？

考えるのは後にして、自転車に跨がり、俺は真っすぐ家へ帰った。

事の顛末《てんまつ》を、全て薫に話そう。

薫なら、きっと何か知っているかもしれない。大吾さんとの付き合いも長いし。

薫なら、俺を納得させる答えをくれるはずだ。俺の心の中にあるもやもやとしたものを消し去ってくれるような答えを。


「あれ、まだ途中？」

今日は俺が夕食の当番だったので、マンションから戻るとすぐに夕飯の支度に取り掛かった。

だがちょっと遅れて作り始めたせいで、できあがる前に薫が帰ってきてしまった。

「ごめん、ちょっと色々あって。もうすぐできるよ」

「いや、できたて食べられるからいいけど。夕飯、何？」

「カレーにするつもりだったんだけど、煮込み時間が足りなくなるから、鶏《とり》の照り焼き丼」

「どこまでできてる？」

「鶏肉焼くだけ。でも付け合わせがまだ」

「じゃ、それは俺が作ってあげよう。あ、根岸はまた残業だから、焼かないでいいよ。着替えてくる」

孝介は残業か。

でもその方がよかったかも。

孝介は、俺が大吾さんの話をするとすぐ不機嫌になる。何か知っててもごまかしてしまうかもしれない。

ある意味ナイスタイミングってことだ。

薫がスーツを着替えて、隣に立った時、さりげなくあのことを口にしてみた。

「食事の支度、遅くなってごめん」

「ん？　そんなの気にしなくていいよ」

「実はさ、大吾さんのところでトラブルがあって」

「トラブル？　何があったの」

「うん、実は……」

俺は手を動かしながら、薫の顔を見ずに話し始めた。

突然外国人の女性が訪ねてきたこと、その女性が子供を連れてきたこと。

そして彼女が大吾さんに向かって『あなたの子よ』と言ったこと。

「え？　大吾さんの子供ってこと？」

薫は酷く驚いた顔をした。

「ベリンダって、女性だけど、知ってる？」

「いや、聞いたことないな……」

「でも確かに言ったんだよ、『あなたの子よ』って」

「うーん……。大吾さんは何て言ったの？」

「特には。そのまま俺に子供を押し付けて、二人で二階に行っちゃったよ。話があるとか何とか言って」

薫は考え込むように黙ってしまった。

けれど俺はまだまだ言い足りなくて、言葉を続けた。

「しかもだよ、やっと下りてきたと思ったら俺に子供を預けたまま彼女を送るって言って二人で出てっちゃったんだ。母親、そのまま戻ってこなかったんだよ？　赤ちゃんはお母さんいなくなってぐずるし、お腹空いたのか泣きだすし。子供のご飯なんてわかんないから必死でスマホで調べて。あとオムツ。もうヘトヘトでさ。なのに戻ってきても大吾さんってば、何にも説明してくれないの。酷いと思わない？」

イライラを表すように俺は熱したフライパンに鶏肉を放り込んだ。

ジューッと、油の撥《は》ねる美味しそうな匂いがする。

タレを流し込むと、更にいい匂いがした。

ここからは、文句はひとまず横に置いて焦《こ》がさないように注意しないと。

隣で肉ジャガの仕上げをしていた薫が、食器と箸を出しにコンロを離れる。

戻ってくると、キャベツを千切りにし、皿にこんもりと盛った。

肉が焼き上がり、食べやすいサイズに切ってから差し出されたその皿に載せる。

肉ジャガとご飯をよそい、みそ汁をセッティングするまで、会話は止まったままだった。

続きは食卓に着いてからだ。

「いただきます」

と手を合わせて箸を取ると、薫が先に口を開いた。

「その子、どんな子だった？　幾つの子？」

「十カ月くらいって言ってた。まだ赤ちゃんって感じだったよ。お母さんは金髪に青い瞳で、赤ちゃんは、マイクっていうんだけど黒髪に青い瞳だった」

「青い瞳？」

「綺麗な瞳だった。可愛かったし。でも一人で面倒見るの、ホント大変だったんだよ？」

ここぞとばかりに自分の苦労を話す。

「離乳食になってたけど、それも教えてくれなかったし。荷物にレトルト入ってるっていっても、英語の表記だからどれくらい温めればいいか悩んだし。大体からして、十カ月の子供を今日会ったばかりの他人に預けていなくなるなんて、最低だと思わない？」

「怒ってるね」

「そりゃ怒るでしょ。子供を手放す親なんて」

「でも何か事情があるのかもよ？」

「それは……、説明してくれなかったからわかんないけど。でもそれなら、ちゃんと説明すべきだと思わない？　俺のこと散々嫁にしたいとか言ってて、ちゃんと恋人がいたんじゃない」

「恋人、はいないと思うけどね。あの人の性格からすると、そういう存在がいたら黙ってられないと思うし」

「だったら、もっと嫌じゃない」

「でも彼も大人だからね」

「薫は大吾さんの肩持つの？」

一緒に怒ってくれるかと思ったのに、諫《いさ》めるような言葉を口にする薫に口を尖らせた。

「肩を持ってるわけじゃないよ。ただわからないことが多いから、今は何も言えないだけさ。大吾さんと彼女が付き合ってたのか、その子が本当に大吾さんの子なのか、女性はどうして今までやって来なかったのか。もし彼の子供なら、身籠もった時に言いに来るはずだろ？　それにしても、外国人の女性の話をそこまで聞けたなんて、裕太の英語は優秀だね」

「……相手の女性が日本語が堪能だっただけ」

薫の言うことはもっともだ。

疑問はいっぱいある。

「あ、そうだ。明日っから、その子供の世話があるから、少し遅くなるかも」

「いいよ。暫く食事当番から外してあげよう。ちゃんと世話するんだよ。その子が誰の子でも、子供は誰かに世話してもらわないと生きていけない存在なんだから」

「わかってるよ。マイクは可愛かった。どうして外国人の子供ってあんなに可愛いんだろ」

「もう少し、その子のこと、教えて」

「薫は子供好きだなぁ」

「好きだよ。裕太もね」

こういうことをさらっと言えるところに、孝介は勝てないんだろうな。

「俺も薫好き」

「じゃ、相思相愛だ」

薫は笑ってご飯を口に放り込んだ。

結局、マイクが誰の子かについてはそれ以上深く話し合うことはしなかった。

話題はマイクの可愛さと、十カ月の子供の育て方に終始し、そのうち孝介が帰ってきた。

孝介には自分が話すから、と薫が言うので、俺は先に食事を終えて自分の部屋へ戻った。

おじいちゃんがいる時に、思春期の男の子には個室が必要だろうと、改築して扉を付けてくれた六畳の部屋。

中学に上がる時に与えられたこの部屋は、ベッドと机とタンスが置かれ、手狭な感じだが、俺の城だ。

ベッドに腰掛けると、俺はごろりとその上に横になった。

もっと、盛り上がると思ったんだけどな。

消化不良だ。

食事のことじゃない、大吾さんのことだ。

薫は怒ると思っていた。

いつも子供が好きだと言っていたから、子供を大吾さんに押し付けた女性のことも、二人が育児経験のない俺にマイクを押し付けていなくなったことも。

マイクが大吾さんの子供なら、今まで放っておいたことを、そうでないなら赤の他人に自分の子供を押し付けたベリンダのことを。

でも薫はそう言わなかった。

全ての情報を手に入れるまでは断罪しないってことだろうか。薫は冷静だな。

でも俺は冷静にはなれなかった。

大吾さんは不実だ。

だから俺はこんなにイライラしてる。

大吾さんが好きだった。

気に入っていた。

保護者ではなく、家族でもなく、対等の友人のように。それでいて甘えさせてくれる、気のいい兄貴分のようで。

俺に何度もプロポーズをすることも、冗談だとわかっていても悪い気はしなかった。

それだけ俺のことを好きでいてくれるんだな、と思っていた。

大吾さんは、孝介や薫より、俺のことを近しいと感じてくれてるだろうと思っていた。

歳は二人の方が近いし、付き合いも長いかもしれないけれど、俺の方が頻繁に会っていたし、話も合う。

だから、今回のことはショックだった、子供がいるならいるって、俺にだけは先に話してくれると思ってた。そうしたら、こんなにもやもやしなかった、……と思う。

マイクは生まれて十カ月。

生まれた時には連絡が来ていたんだろうか？

ベリンダが『あなたの子よ』って言った時、驚いた様子は見せなかったんだから知ってたんじゃないだろうか。

もしそうなら、彼は十カ月も俺を欺《あざむ》いていたことになる。

何でもなかったような顔をして、その間にも俺に冗談のプロポーズを繰り返していた。

腹立たしいことこの上ないじゃないか。

大吾さんの嘘つき。

俺に嘘をついたり、ごまかしたりしたことが腹立たしい。

……けど、俺には怒る権利はないんだよな。恋人でも肉親でもないんだから。

いや、権利とかの問題じゃない。普通の感覚として、腹が立つことは腹が立つんだ。

血が繋がってなくても、家族同然の付き合いはしてきたし、友人としても家に自由に出入りする許可をもらってるくらいだ。何より冗談でもプロポーズをしてる相手じゃないか。

色々考えても、怒ってもいいはずだ。

明日会ったら、何か言ってやらなくては。

明日……。

「離乳食の作り方、調べておこうかな」

腹が立ってることと子供のことは別の問題だ。

マイクはまだ小さくて、守ってあげなきゃいけない存在だし、悪いことなど一つもしていないのだから。

大吾さんも、ベビーシッターをやってたとか言ってたけど、学生時代だなんて一体いつの話だってくらい昔のことなわけだし、俺がしっかりしないと。

デスクの上のパソコンを立ち上げ、俺は本格的に検索を始めた。

大吾さんのためでなく、あの小さなマイクのために。

翌日、朝食の席で、薫が孝介に俺のアルバイトの時間が長引くことを説明した。

大吾さんが子供を『預かった』ので、その世話を頼まれたらしい、と。

孝介はそれについて特には何も言わず、「子供の世話は大変だぞ」と言っただけだった。

「実体験だね」

と薫が茶化したけど、真面目に受け取って「その通りだ」と答えた。

「二人きりでないなら、根岸も安心だね」

薫はそう続けたが、それには俺が心の中で反論した。

そんな心配はないない。あの人には金髪美女がいるんだから、と。

自分で考えておきながら何かまたムカつく。

暫くの間孝介も残業が続くようだし、当番制は休止して、適当に回すことにしようとなった。

「遅くなる時はメールしなさい」

という言葉を受けて、二人を送り出した。

俺は今日、一限がないので、出るのはゆっくりでいいのだ。

なのでもう一度育児についての調べ物をしてから、講義に間に合うよう、家を出て自転車で大学へ。

大学では友人達に、誰か姪っこか甥っこの赤ちゃんの面倒を見たことがある者がいないかどうか、尋ねてみた。

「俺、姪っこがいる。三カ月の赤ん坊だけど」

友人の大月《おおつき》の言葉に、光明を見いだしたが、参考にはならなかった。

まだ三カ月の赤ちゃんとあって、母親である大月の姉さんは彼に世話をさせなかったのだ。

本人も『ぐにゃぐにゃしてて恐い』ということで、あまり触れなかったらしい。

食事も母乳とミルク。

離乳食はまだまだらしい。

「とにかく夜泣きが大変だった。実家に戻ってる時は、うちの母親と俺が面倒見てたんだけどさ。女の人が子供産んだら実家に戻るって理由がよくわかったよ。ミルクが四時間置きだったかな？それにオムツとぐずり。二十四時間、休みナシだぜ。姉貴一人で面倒見てたらおかしくなってたと思う」

と、脅《おど》されてしまった。

友人の意見は参考にならないとわかったので、大学にいる間も、スマホで色々と調べ続けた。

そして、再び大吾さんのマンションに向かった時には、取り敢えずの知識で頭をパンパンにしておいた。

大学が終わってから買い物をしても、いつもなら大吾さんは勤務中で、この間みたいに突然帰ってくるなんてことがなければ誰もいない部屋に入っていくのだが、今日は違った。

来訪を告げるインターホンを鳴らさず、合い鍵を使って玄関の扉を開けると、人の気配。

というか、子供の泣き声。

リビングに進むと、床に仰向けに引っ繰り返って手足をバタつかせるマイクと、うんざりした顔の大吾さんがいた。

「どうしたの？」

転ばせてしまったのかと、思って訊くと、彼はムスッとして答えた。

「わからん」

「ベビーシッターの経験者じゃなかったの？」

買い物の荷物をキッチンに置いて、マイクに近づく。

このくらいの子供って、『赤ちゃん』なのか『子供』なのか悩むな。

「転んだり落ちたりしたんじゃないよね？」

「ついさっきまでおとなしくしてたが、突然喚《わめ》きだしたんだ」

マイクを抱き上げ、お尻に手をやる。

オムツかな？

「オムツならさっき取り替えたぞ」

「オムツ、買ってきたの？」

「社員に買って届けさせた」

彼が指さす方を見ると、紙オムツのパッケージが積まれていた。

オムツを買ってこようかと思ったけど、買ってこないでよかった。重複するところだった。

マイクは、俺が抱き上げるとぐずりながら顔を胸にうずめてきた。

だっこして欲しかったのか、床に寝ていた時よりおとなしくなっている。

「さっき俺が抱いたら大泣きだったんだぞ」

言いながら大吾さんが近づいてくると、また暴れるように大吾さんから逃げる。

「……嫌われてるんじゃない？」

からかうように言うと、またムスッとする。

言っては悪いが、その顔がちょっと可愛かった。

「そんなことないだろう。夜は一緒に寝たぞ」

いつも立場が上の人が可愛いと、何か嬉しい。

「一緒に寝るのは危険じゃない？　寝返りで潰《つぶ》しちゃいそう」

「寝相はいい」

俺からマイクを受け取ろうとしたのか、彼が手を伸ばしてきた時、マイクが大吾さんを嫌がる理由がわかった。

「匂いだ」

「匂い？」

「タバコ臭いよ」

「一本しか吸ってないぞ」

「タバコ吸ってる人にはわかんないんだよ。指先とか結構匂うよ。マイクが泣いたのって、大吾さんがタバコ吸ってからじゃないの？」

彼は考えるように上を向いた。

「……そうかも」

「エアコン換気に切り替えて、すぐ手を洗ってきて」

「人を汚いものみたいに……。お前も嫌いか？」

俺は嫌いじゃなかった。大吾さんの匂いって感じで。

でもそれは言わない。

「子供がタバコをいい匂いって思うわけないでしょ。これからは一階でタバコ吸うの禁止ね」

「ここは俺の家だぞ」

「部屋がないわけじゃないんだから、二階で吸えばいいじゃない」

「それはまあ、そうだが……」

「この子の部屋、決めた？」

「いや」

「ジャ、決めた方がいいよ。ベビーベッドも買った方がいいと思う。大人のベッドじゃ柔らかすぎると思うし。転落防止の柵がある方が安心だもの。あと食器も。陶器は割れるのが心配だからプラスチックで専用のがあった方がいいよ。衛生面のこともあるから」

「詳しいな」

俺がまくし立てると、大吾さんは感心したように言った。

「調べたんだよ。子供の面倒見ろって言っただろう。俺なんか、何にもわかんないんだから、調べなきゃ仕方ないだろ。そっちこそ経験者なんだから、わかってるんじゃないの？」

「俺が面倒見たのは、準備が整ってる家にいる子供だからな。よし、それじゃ買い物に行こう」

「また俺一人に任せるの？」

不満げに言うと、彼は笑って俺の肩を抱いた。

強くなるタバコの匂いにドキッとする。

さっき、それが大吾さんの匂いだと思ってしまったから。

「一緒に行くに決まってるだろう。調べてくれた人間が一緒じゃなくてどうする」

「ちょっと待ってよ。その前にマイクに食事させないと。ご飯あげたの？」

「朝、少し食べた」

「少し？」

「食べなかったんだ。あげても首を振るし」

どうやら、大吾さんのベビーシッター経験はアテにしない方がいいらしい。

俺がしっかりしないと。

「まず手を洗って、俺が食事を作ってる間、マイクのこと見てて。それから、そこの部屋を子供部屋にするなら、オムツなんかはそっちの部屋に持ってって。昨日のスーツケースは？」

「運んである」

「中身を確かめといて。買い物行くなら足りないものを確認しておいた方がいいから」

「……わかった」

頷いてから、彼は俺をじっと見た。

「裕太はもっと怒ってるかと思った」

「はあ？　何それ」

「昨日そんな感じだったからな」

……バレてたか。

「説明してくれない大吾さんには怒ってるよ。でも子供は別。マイクには世話してくれる人間が必要なんだから、好き嫌いはない。っていうか、可愛いと思ってる。言っておくけど、説明してくれない大吾さんには『怒ってる』んだからね」

俺は念を押すように繰り返した。

理由を考えついたから、もう怒ってることは隠さない。

結局その子が『何者』なのか、ベリンダとの関係がどうなのか、全然教えてくれない。教えようという素振りもない。

それって、『関係ない』って言われているようなものだ。

結局、どんなに可愛がってくれても、どんなに好きだと言って抱き締めてくれても、俺は他人なのか？

付き合いが長くて、家族みたいで、友人で、一番信用ができる人間だと思ってたのに。

考えると、捨てられたみたいで胸がきゅうっとなる。俺にだけは説明してくれたっていいじゃないか。

いや、俺だからじゃなくても、子供の世話を頼んだのだから、事情の説明はするべきだろう。

これは怒っていいことだ。

だから、俺は寂しさより怒りを優先せるべきだ。

なのに、大吾さんは嬉しそうに笑っていた。

「お前は正義の人だな」

「何が」

目を細めて俺を見ている。

優しげなその眼差しに、なぜかせつなくなる。

「そういうところが好きだ」

けれど、無神経なその言葉にまた怒りが先に立った。

俺のことを『好き』って言うなよ。

ベリンダと抱き合ってたクセに。子供まで作ったクセに。

いや、このことには怒っちゃダメだ。この人の『好き』はきっと子供に向ける『好き』なんだ。

俺がマイクを好きっていうような。

どこまでも子供扱いなんだ。

……それもムカつくけど。

「いいから、さっさと行く。買い物行くなら時間がないんだからね」

「はい、はい」

大吾さんに手を洗わせて、タバコの匂いのついた服を着替えさせてから、俺は早速マイクのご飯に取り掛かった。

今時は便利でいい。

スマホを開けばちゃんとレシピが出てくる。

俺を引き取った時の孝介は大変だっただろう。

確か、薫の話ではコンビニ弁当ばっかりだったとか。それで見兼ねて薫が手助けに来たって言っていた。

こんな小さい頃だったらきっとメンタル崩壊していただろうな。

十カ月の離乳食は歯茎で潰せるくらいのやわらかさ、だったな。

一日三回のペースを覚えさせるために時間を決めた方がいいとも書いてあった。

取り敢えず、出先でお腹が空かないように今食べさせるけど、これからは時間を決めておかなきゃ。

ベリンダは十カ月くらいって言ったけど、はっきりわからないし、日本人の子供とは発育具合が違うかもしれない。

そこんとこは、もう一度調べた方がいいのかも。

大吾さんは、高い高いをしたりしてマイクの機嫌を取った後、いつものカウンターに座って俺の調理を見ていた。

「いいねぇ、料理をする姿ってのは」

今までなら悪くはないセリフが、ささくれ立った今の俺には呑気《のんき》で腹立たしい。

「自分でも覚えてよ。二十四時間俺がいるわけじゃないんだから」

「作り置きしてってくれよ」

「仕事ならね」

マイクを抱く彼の姿が様になってると思うと、また俺のムカムカは収まらない。

「で、俺にいつ事情を説明してくれるの？」

「事情？」

「マイクとお母さんのこと」

そらっとぼけるように『ああ』という顔するなよ。

「ベリンダは友人、マイクはどうやら俺の子供。それでいいか？」

いいわけないいじゃないか。

「それだけ？」

「他に知りたいことがあるのか？」

あるよ。

『どうやら』って何？　どうして子供がいたこと、俺に隠してたの。身に覚えがないなら、あんなふうに渡されて俺の子とか言わないだろ。

いつから付き合ってたの？

彼女と結婚するの？

でも俺はその質問を口に出せなかった。

だって、気にしてると知られると、変に誤解されそうだったから。

気になるのか、と訊かれたらムカつくじゃないか。

「俺なんか見てないで、スーツケースの中身を確認してって言っただろ」

だから、このムカムカを抑えるためには、視界から大吾さんを追い出すしかなかった。

「ほら、早く」

取り敢えずの処置として。

食事を終えると大吾さんの車でデパートへ向かった。

赤ちゃん用品の売り場って、男には敷居が高いと思う。

でも、何もかも可愛くて、何もかも買い与えたくなってしまうのも事実だ。

大吾さんという大きな財布がいるから、ベビーベッドと子供用の布団、玩具と着替え、それと食器を買った。

特に着替えは、飾ってある可愛い服を見ると、ついふらふらと手に取ってしまい、山ほど買ってしまった。

だって、マイクはとても可愛んだもん。

買い物中も暴れることもなく、おとなしかったし、手で握るタオル地の玩具を与えるとご機嫌になってきゃっきゃっと笑った。

店員さんもベタ褒めだった。

うー……、可愛い。

大吾さんへのムカつきは取り敢えず横に置いておいて、マイクが可愛いということだけ考えるようにしよう。

その方が精神衛生上いい。

配送するというのを断って、大変だったけど全て持ち帰った。全てすぐに必要な物ばかりだったので。

仮眠室にベッドを設置するのは大吾さんに任せた。

俺はマイクを見ながら、買ってきたものをしまう係だ。

ずっと抱っこしているのは大変だったが、ブレンダが使っていた抱っこ用の布が役立った。

マイクは、慣れているのか、その中にちょこんと収まり、ご機嫌よくしている。

きっと、彼女が一人で育てていた時に、同じようにしていたのだろう。

複雑な思いはあっても、女手一つで赤ちゃんを育てていたことは尊敬に値する。

将来自分の子供が生まれたら、絶対に奥さんと育児を分担するぞ。こんな大変なこと、女性一人の仕事と押し付けてはいけないと思う。

日本の男性は育児を手伝わなさ過ぎるんだよ。

育児は大変。でも作業を終えて疲れを覚えても、マイクを見ているだけで癒《い》やされる。

可愛いってことを『可愛い』って言葉以外に表す語彙《ごい》がないのがものたりない。

とにかくマイクは可愛いのだ。

小さな手で何かを必死に摑む姿。

「マミィ……」

と呟《つぶや》く小さな声。

カン高い笑い声。

お尻を振ってハイハイする姿。

ソファの端にしがみついて立ち上がろうとし、できなくて尻餅《しりもち》をつく姿。

どれも抱き締めたくなるくらい可愛い。

テーブルを叩《たた》いてイヤイヤをするのすら、可愛い。

機嫌がよければ。

これが一度ご機嫌ナナメになると、手が付けられなくて俺も大吾さんもその度に右往左往してヘトヘトになった。

夜の食事をさせても、なかなか寝付いてくれなくて、俺は帰りが遅くなるからと薫に電話を入れた。

『赤ちゃんって大変だろう』

と電話の向こうで薫は笑ったけれど、その意見には賛成だ。

「とにかく、マイクが寝たら帰るよ」

『頑張って』

他人事だと思って……。

いや、薫だから、本当にそう思っているのだろう。

子育ては頑張る。

頑張る理由もある。

マイクが可愛い、子供は大人が手を貸さないと生きていけない。

でも、大吾さんのことでは頑張ることができない。

大吾さんは、もういつもと変わらなかった。

俺に軽口を叩き、俺がマイクの面倒見てる間仕事をしていた。

会社は当分休んで、フレキシブルに自宅で仕事をするらしい。

気にしないようにしよう、怒りは横に置いておこうとしても、その顔を見るともやもやする。

俺は、頑張らないと、大吾さんと普通に接することができない。

でも頑張りたくないから、ちょっと素っ気なくなってしまう。

大吾さんは、わかっていながらにやにやしていた。それがまた子供扱いされている感じで嫌だ。

どうせ拗ねてるぐらいにしか思っていないのだろう。

子供として拗ねてるんじゃない、人として怒ってるのに。

昔から人を食ったようなところはあったけど、俺には誠実だった。

……と、思っていた。

信頼してた。

彼は俺に正直に接してくれる人だと。

何もかも話してくれたわけじゃない。でも言えないことは『言えない』と言ってくれる人だと思ってた。

そうだ。

今回は『言えない』も言わない。それが腹立ちの原因だ。

自分が、一番近くにいるんだと思っていた。

元々が薫や孝介の友人だったとしても、今は自分の方が彼の全てを知ってる人間なのだと思っていた。

ごまかされたことで、そうではないのだと思い知らされた。

きっと、自分よりあの女性、ベリンダの方が彼に近いのだ。

血の繋がりもない。

歳も違う。

同居もしていない。

どんな関係かと言われて、明確に言い表せない。

そんな大吾さんのことを、どうしてこんなに信頼するようになったのか。

やっぱり、あの時だろう。

あの、高校に入ったばかりの時。孝介達から色んな真実を全部聞かされた時も、俺は今まで話してくれなかったことに怒っていた……。

めでたく希望の高校に入学した時、孝介は真剣な顔で切り出した。

「裕太、お前に話しておかなければならないことがある」

孝介が話したのは、俺の両親の死の真相と、長谷川の実家との関係。

これはまあ、以前からポツポツ聞かされていたことなので、改めて最初から説明された、という程度だった。

問題は二人の関係だ。

単なる友人ではなく、二人は愛し合う夫婦だったということ。

子供の頃には、男親二人に育てられたということで、からかう友人もいた。

お前の家は男ばかりでおかしいとも言われた。

その度に、否定してきた俺としては、『やっぱり』という思いと共に『今更言う？』という気持ちもあった。

でも二人が好きだったので、表面上は何ともないふりをした。

けれど、釈然としない思いもあった。

どうして隠し続けなかったのか、何故思春期の、一番多感な時期に告白したのか。

自分達が楽になりたかっただけで、俺のことを考えていなかったんじゃないのか。

二人の関係を知らされて、俺にどうしろっていうのか。

言いたいことはいっぱいあったけれど、言うことはできなかった。

俺が考えてるようなことを口にしたら、きっと二人が傷つくだろうとわかっていたから。どれだけ大変な思いをして俺を育ててくれたか、わかっていたから。

塩瀬のおじいちゃんに言うことも考えた。

でも、俺が口にするより先に、おじいちゃんは俺を諭《さと》した。

「若い二人が子供を育てるのは簡単なことじゃない。二人に感謝しなけりゃな。そりゃ、ちょっと普通の家族とは違うかもしれねぇが、変わった家族はどこにでもいるもんさ」

そう言われては、自分の不満を口にすることができなくなってしまった。

そんな時、俺の話を聞いてくれたのが大吾さんだ。

その頃は、まだ前のマンションで、今ほど広い部屋ではなかった。

まあ、普通より十二分に広かったけど。

おじいちゃんの孫で孝介達の友人ということで、親戚のおじさんみたいな存在、と周囲には話していた。

実際はもっとくだけた付き合いをしていたのだけれど。

俺と孝介達の間がギクシャクしてると察した大吾さんは、俺に自分の部屋へ遊びに来ないかと誘った。

いつもなら渋い顔をする孝介が黙って送り出してくれたところを見ると、孝介が頼んだのかもしれない。

借りてきたDVDを観て、大吾さんの淹れてくれたコーヒーを飲んでいる時、俺はポツポツと話を始めた。

「孝介に頼まれたんでしょ？　様子を窺《うかが》うようにって」

リビングのソファの上に足を抱えて座っている俺の隣に、大吾さんは無理やり大きな身体を押し込んで座った。

「頼まれたが、様子を窺うようにじゃなく、何か言いたいことがあるなら聞いてやって欲しい、だ。お前が腹に何か抱えてることは気づいてるらしい」

「腹に抱えるなんて……」

「何か言いたいことがあるんだろ？」

腕が俺の腰に回り強引に抱き寄せた。

「コーヒー零れちゃうよ」

「零すなよ、ソファが汚れる」

「じゃ、ちょっかい出さないでよ」

「いいじゃないか。俺は裕太が好きなんだから、隙あらば抱き締めたいんだ」

と言って身体が押し付けられる。

おしくらまんじゅうみたいに。

「ばか言って」

その動きが子供っぽくて、思わず笑ってしまう。

「何を考えてる？」

「何も」

「両親のことか？　それとも毛利達のことか？」

「……別に」

「毛利達のことだろう。ゲイは嫌いか？」

俺は『別に』って言ったのに、彼はそう決めつけた。

……間違ってはいなかったけれど。

「別に。何となくわかってたし」

「よかった。俺も男は好きだから、ゲイが嫌いだと困る。いつかお前を嫁にしたいんだから」

「またそんなこと言って。俺、まだ高校生だよ」

「だから正式に口説くのはもうちょっと後にする。今は、俺を好きでいてくれればいいだけだ」

「大吾さんのことは好きだよ」

「なら今はそれでいい」

彼は満足げに頷いた。

「俺が大人になったら口説く？」

「お前が変わらなかったらな。今の裕太が好きだから、そのままで育って欲しい」

「俺は俺だよ。変わらない」

大吾さんはタバコを取り出し、俺の顔をチラッと見てから止めて戻した。

「人は変わるもんだ。特に成長期には、他人の影響も受けやすい。気弱な子供が大人になったら勇猛果敢になったりな。裕太はまだ高校に入ったばかりだ。これからどんなふうに変わるかは、お前自身にもわからないだろう」

「大吾さんも変わった？」

「俺は割とこのまんまだな。社交的でワンマンで、一途。気になるものは自分で確かめずにはいられない。人の好き嫌いもはっきりしてる」

すらすらと述べ立てる様子に、また笑った。

「自分のこと、よくわかってるんだ」

「わかってるさ。もう大人だからな。お前は自分のことをわかってるか？」

「わかってるよ」

「わかってるなら言ってみろよ。何を考えてる？」

話が元に戻ったので、浮かんでいた笑みが消える。

言っても、いいんだろうか？

言ったら、怒られるんじゃないだろうか？

そんなこと考えているなんて、って非難されるんじゃないだろうか？

一瞬、ためらっていると大吾さんの方が話しだした。

「自分としては、ゲイのカップルでもいいと思ってるが、世間の連中に何を言われるかが恐い。他人事なら許せるが、実際自分の家族のこととなると受け入れ難い、そんなとこか？」

「違うよ！」

だが彼が言ったことが見当違いだったので、思わず大きな声で否定する。

「……違うよ。そんなこと思ってない」

「じゃ何だ？」

「だから、本当に何でもないんだ。ただ……」

「ただ？」

訊き出すまで、この人はずっとこの話題を続けるだろう。それならもう言って、楽になった方がいいのだろうか？

俺は大吾さんの反応を窺うように、ゆっくりと口を開いた。

「ずっと俺に内緒だったことに怒ってるだけだよ……。子供だから言えなかったっていうのはわかるけど、大切なことじゃん。俺、今まで他人に何か言われた時、力いっぱい否定してた。でもそれは孝介達の『真実』を否定してたってことになるじゃん。そういうの聞いてた時、二人はどんな気持ちだったんだろうって考えると、自分が悪者だったみたいで……。教えてくれたら、せめて匂わせるぐらいしてくれてたらって思うだけだよ」

言ってから、両手で持っていたカップに口を付けるように顔を伏せる。

「わかってる。こんなの八つ当たりだって」

呆れられるだろう。でなければ子供みたいなこと言うなよ、と言われると思っていたのに、彼は意外にも俺を肯定してくれた。

「八つ当たりじゃないだろ」

「え？」

顔を上げると、大吾さんは穏やかな目で俺を見下ろしていた。

「八つ当たりっていうのは、原因と行為が関係ないことだ。あいつ等の言動に怒ってあいつ等に文句を言いたいなら、正当な行動だ。正当なのにそれをしないのはお前の心遣いだ。八つ当たりどころか、優しいってことじゃないか」

慰めてくれてる？

「でも、言わなかったことを怒るのは身勝手でしょう？」

「何で？　お前の気持ちはお前のものだ。何をどう感じるのかはお前の自由だろう」

違う。

彼は思ったままを言ってるのだ。

そうとわかると、口は軽くなった。

「今まで言わなかったのは酷い、今になって言うなんてって思うのは、身勝手じゃない……？」

「俺は身勝手だとは思わないな。もっと早くに言ってくれればよかったのに、って普通に言えばよかったのに」

「言えないよ。二人にも理由があったんだろうし」

「そんなの、あいつ等の勝手な理由だろ？　あっちの方こそ身勝手じゃないか」

孝介達を悪く言われて、俺は否定した。

「違うよ。勇気がいったんだと思う。同性愛って、誰もが受け入れられるわけでもないから」

「そこは受け入れてるんだろ？　だったらお前の気持ちも受け入れてもらえ。お互い様だ。気を遣う必要なんかない。俺なら気遣いなんかしないぞ」

偉そうな声にまた顔を見ると、彼は子供みたいに胸を張っていた。

「嘘つき」

「嘘なんかつかない」

「だって、今、俺のためにタバコ吸うのやめたじゃない。俺に気を遣ってくれたんでしょう？」

俺を見てからタバコをしまったのを、ちゃんと見ていた。

「違う。火の点いたタバコを咥えてると、お前を抱き寄せられないからだ。自分の意思だ」

「気を遣わない人は、タバコ吸ったままでも抱き締めようとするんじゃないかな。相手がタバコが嫌いでも、髪の毛に火が移るとしても気にしないんだ。大吾さんは、ちゃんと相手のことを考えてくれてるよ」

「気遣いなんかしないぞ」

「どうして認めないの？」

「気遣いなんかしてると面倒だろ。今だって、お前は気遣いして悶々《もんもん》としてる。俺はそういうのが面倒なんだ」

「俺は気遣いは好きだよ。優しいじゃん」

「気遣うのも、気遣われるのも好きか？」

「好きだよ」

「余計な気遣いってのもあるだろう。小さな親切大きなお世話って」

「でも気を遣ってくれたってことは、それだけ相手を想ってるってことでしょ？　嬉しいもん。やっぱり気遣いはいいことだよ」

大吾さんはにやりと笑った。

「何だそうか。それじゃ裕太は怒ってるんじゃなく、ただ文句が言いたいだけなんだな」

「何？」

「根岸達が気遣いしてお前に今まで話さなかったことはわかってる。気遣いは、たとえ受け取る方が『よし』としないことでも、気遣ってくれるだけで嬉しいんだろ？　それでも怒ってるってことは、何かをして欲しいわけじゃない、ただ文句が言いたいだけだ。それなら、たっぷり言っていいぞ」

大吾さんは俺の肩にあった手を離し、背もたれに身を沈めた。

「俺も、毛利と根岸は好きだが、不満はある。何もかも好きになる人間関係なんて嘘臭い。本当の付き合いってのは、相手の嫌なところがあっても、それを許せることだ。嫌いは嫌い、だがそれより好きの方が大きいってことだ。俺は根岸の堅物なところは好きでもあるが嫌いでもある。もう少し態度が柔らかくなればいいのに。毛利は概ね気に入ってるが説教臭いところは好きじゃない。言ってることが正しくても、聞きたくないってときもあるだろう？」

俺が聞いてるかどうかも気にせず、二人の『いいところ』と『悪いところ』を並べ立てる。

「二人とも、正しくあろうとするのはいいが、醜いところももっと見せるべきだな。でないと他《よ》所他所《そよそ》しくて距離ができる」

「醜いところは他人に見せたくないよ」

「そうか？　俺は見せてもいいと思ってる。その醜いところを、受け入れて欲しいから。例えば、裕太の恋人にはなりたいが、今は恋人じゃない。だから俺には適当に遊ぶ相手がいる。それを知っても俺を好きだと言って欲しいな」

「恋人いるの？」

彼は首を横に振った。

「違う。遊びの相手だ。お互い割り切ってる」

「サイテー。そういうのキライ」

「だが俺もいい歳した男だ。色々と我慢できないこともあるのはわかるだろう？　未成年のお前に相手を頼むことはできないしな」

直接的な言葉は使わなくても、言ってる意味はわかる。

だから口を尖らせて異を唱えた。

「俺は好きな人としかそういうことはしません」

「誰かいるのか？」

「いないよ」

「そいつはよかった。根岸達に、お前に対する気持ちが本当なら、お前が成人するまで待てって言われてるが、それまでにまだ何年もあるからな。他に気を向けるなよ」

「大吾さんにも向けないよ」

「向かせてみせるさ。俺がどんな人間でも、何をしてても、やっぱり大吾さんが一番好きってな。で、お前は？」

「俺？」

「二人を好きでも不満があるんだろ？　好きだから不満がある、のか？　どっちにしても、お前が二人を好きなのはちゃんとわかってるから、言っちゃえよ」

何を言っても、俺が二人を嫌って言ってるとは思わない。

それが背中を押し、俺はポツポツと抱えていた不満を口にした。

いつまでも子供扱いされるのは嫌だ。

隠し事をされるのも嫌。

俺の両親のことや彼等の関係が複雑なのはわかるけれど、腫《は》れ物に触るような態度に出られると気分が悪い。

親代わりとして色々言ってくることは気にしない。言われてることは正しいと思うし、大吾さんと違って自分は正しいことを言われるのは嫌いじゃないから。

むしろ、きちんと説明してもらった方がすっきりする。

だから、いつもはちゃんと話をしてくれているのに、今回のことだけずっと隠していたのが腹立たしいのだ。

言葉にしてみると、して欲しいことがはっきりとしてきた。何も秘密などないと思っていた関係に、ずっと大きな秘密があったことに腹を立てていたのだと。

俺だけがのけ者にされたみたいで、悲しかったのだと。

「じゃ、それを言うんだな。今までは子供だったから、今回は我慢するが、次は何もかも話すか、話せないなら『言えないことがある』と言って欲しいって」

「そうする」

「それじゃ、一緒に風呂でも入るか？」

「嫌だよ、大吾さん下心があるんだもん。先に言っておくけど、万が一俺の恋人になるんだったら、何でも正直に話してよね」

「いいとも。約束しよう。ただし、そのことについて先約があった場合は例外だぞ」

「先約？」

「今回のこと、俺もずっと知ってた。だが言わないでくれと頼まれてたからお前には言えなかった。そういう場合もある」

それを今、教えてくれることが誠実だと思ったから、受け入れた。

「それは仕方ないね。認める」

「で、何が知りたい？　何でも答えるぞ」

「いいよ。だって大吾さん、まだ俺の恋人じゃないじゃん」

「恋人になっちゃえよ」

首に腕が回り、引き寄せられ、髪をクシャクシャにされる。

「やだよ。俺、可愛い彼女が欲しいもん」

ソファの上、じゃれ合って、軽口を叩いて。俺の憂さは綺麗に晴れた。

大吾さんは、諭すのではなく会話で、俺の心の中を整理してくれた。

言うだけじゃなく、自分の行動で『こうするんだ』と示してくれた。そしてその方法は、とても楽だった。

手抜きという意味の『楽』じゃない、気を張らずに済むという意味の『楽』だ。

不満なことを、ただ気持ちのままに言う。悪口ではないのだけれど、他の人に話したら『大切に育ててもらったのにそんなこと言うなんて』と言われたかもしれない。

それが怖くて、口に出せなかった。

でも大吾さんは、ただ相手をしてくれるだけ。

同調してくれて、反対意見を言ってくれて、自分の考えも口にした。でもお説教をしたり、『これが正しい』と自分の意見を押し付けることはしない。

そして俺が言いたいことを言い尽くしたら、この話は終わり。

「すっきりしただろう？」

と言われて、頷いた。

「ん。……ありがとう」

何かが変わったわけじゃないけれど、心の中にあった不満はなくなった。

それ以来、俺は直接二人に言うほどではない不満が溜まると、大吾さんのところへ行って吐き出すようになった。

大吾さんは、俺が訪ねることを歓迎してくれたし、いつも嫌な顔一つせず聞いてくれた。

そして時々、自分の会社や友人の不満を俺に聞かせることもあった。お前が愚痴るなら俺も愚痴るぞ、というように。

対等に扱ってくれてる。

この人は、『友人の子供』『祖父が面倒見てる子供』ではなく、『長谷川裕太』という俺と、付き合ってくれている。

それが嬉しかった。

もちろん、大吾さんに話した内容が孝介達に伝わることもなかった。

あの時から、俺は彼を信頼するようになったのだと思う。

この人なら、きっと俺と向き合ってくれる、と。

大人の、子供は知らなくていい、子供にはわからない、というのがなく。幾つになっても子供は子供としてしか扱わないということもない。

まあ子供扱いする時もあるけど。

家族のように優しいだけじゃなく、辛辣《しんらつ》なことを言うのも信頼できた。いいことばかり言うのではなく、悪いことも言ってくれる。それこそ、裏表のない証しのように思えた。

なのに……。

今回の一件では、大吾さんは俺をごまかした。

『今は言えない』という言葉もなく、詳しい説明もない。

今まで築いてきた信頼を裏切るような行為だ。

彼は、不満なことは口にすればいい、直接言うべきだ、と言っていた。

俺はちゃんと訊いた。何度も説明してよ、と言った。

だが答えてくれなかった。

直接訊いても答えてもらえなかったらどうしたらいい？　その方法は教えてもらってない。

俺はまだ大吾さんの恋人じゃないから、何もかも話してもらえないことを咎《とが》めることはできなかった。

ごまかされてしまった今、しつこく訊いて、もう来るなと言われるかもしれない、完全な拒絶をされるかもしれないという怖さも生まれた。

そんなに自分に執着してるのか、と誤解されるのも嫌だ。

だから、もう訊けなかった。

どんなに気になっても、もやもやが消えなくても、もう一度『教えてよ』と口に出せなくなってしまった。

吐き出せないからこそ、頭の中にはいつまでもそのことがこびりついていた。

マイクは誰の子？　大吾さんはベリンダと結婚するの？　どうして俺には何も教えてくれないの？

という数々の問いが……。

『今日はちょっと出掛けてくるから、早めに来てくれ』

大吾さんのところにマイクが来てから三日目、彼からそんなメールが届いた。

もう俺の講義の時間まで把握されてるって感じだ。

木曜日の今日は午前中に一つしか講義がない。

多少時間の差があっても、大体三時か四時までに入ればいいので、早く終わる木曜は友人達と遊んだりもしていた。

今日も、本当は大月達とカラオケに行く予定だった。

「ごめん、今日はパスする」

スマホをしまい、俺は大月に言った。

「何？　なんかあったの？」

「バイト先から、今日は早めに来てくれって」

「バイトって、例のハウスキーパー？」

そう訊いた高橋《たかはし》は、高校の時からの友人で、俺のバイトのことを知っていた。大吾さんのことも何度か見かけていて、親戚のおじさんと思っているようだ。

「そう」

「あれ、子守りじゃなかったのか？」

この間子供のことを相談した大月が訊く。

「あのオジサン、子供できたんだ」

「違うよ、預かってるだけ」

「隠し子かもよ」

「違うと思う。外国人の子供だし」

三人で話していると、他の連中も集まってきた。

「ハーフってこともあるじゃん。あのオジサンと金髪美女って、妙に似合うし」

「何、そんな感じの人なの？」

「俺が会った時は、カッコいい人だったよ。濃い系のイケメン？」

嫌だな。

あんまりそのことを話題にして欲しくないのに。

「何、なに。誰のこと？」

「裕太のオジサン。カッコいいんだぜ」

「へえ」

だが大月達は大吾さんの話題から離れなかった。

「どっかの社長さんらしいし、きっと遊び放題なんだろうな」

「社長？　金持ちの親戚じゃん」

「じゃ、就職安泰だな」

「ハウスキーパーのバイトしてるんなら、きっと雇ってくれるつもりなんだよ」

「裕太は料理も上手いからな」

友人達と会話をしていると、『ズレた』と感じることがある。

明確にどうズレたのかは言えないけれど、正しいと思う道筋から外れてゆく感じだ。

それは、元々『バイトだからカラオケに行けない』という話題が、いつの間にか大吾さんのことになってるというのもある。

でもそれだけじゃない。

そうじゃない、と言いたいのに、言えなくなる感じだ。

大吾さんは俺の親戚ではない。確かに年齢は上だけれど、オジサンって感じはしない。バイトをしているのは、就職を考えてのことじゃない。大吾さんは遊び放題なんかじゃない。

マイクが彼の子供かどうかもわからない。

一つ一つ『違うよ』と言いたいのに、流れ出した会話をせき止めることができない。

中学の頃、孝介達のことを言われた時もこうだった。

俺が『違う』と思うことを、みんなは『当然』と思っている。

男三人に育てられたっていいじゃないか。血の繋がりがない人と一緒に暮らしてもいいじゃないか、と思うに、みんなはそれを『おかしい』と言う。

あの頃は、力いっぱい否定した。そうじゃない、と力説した。

けれどそれは結果としてみんなの好奇心を煽《あお》っただけだった。

一度ズレてしまったものは、戻すことはできない。みんなズレた道を歩きたがるものなのだ、そっちの方が面白いから。

学習したから、俺は友人達の会話を黙って聞いていた。

「外国人の女性って巨乳だよな」

「人によりけりだろ」

「俺も金持ちの親戚欲しい」

「恩恵があるわけじゃないんだろ？　裕太、金回りよくないいじゃん」

「だからバイトなんだろ」

彼等の言葉に悪意があるわけではない。

ただ環境が違うから、通ってきた道が違うから、考え方や受け取り方が違うだけだ。自分だって、知らない間にこういうことを口にしているかもしれない。

「じゃ、悪いけど、そういうわけで俺バイトに行くから」

会話が途切れたところでそう言って席を立つ。

「おう、頑張れよ」

嫌みではなく、励ます言葉が投げかけられる。

「今度、お前の都合のいい時にまたカラオケ行こうぜ」

と誘ってもくれる。

「ありがとう。でも当分子守りだと思うから、気にしないでいいよ」

人は、悪意がなくても他人を傷つけることがあると、俺はもう知っていた。だから、気にしない。反論もしない。

ただほんの少し、心は疲れた。

そんな気分のままマンションへ向かったせいか、俺が到着するのを待ち兼ねていたかのように出て行く大吾さんにも、寂しさを感じた。

「夕食はここで摂るから、頼んだぞ」

とだけ言い置いて、振り向きもせず出て行ってしまう。

こういう時は、よくない。

ダウナーな気分になってしまう。

自分が不幸だと考え始めてしまう。

一つ一つ確認すれば、自分がいかに幸福であるかわかってるのに、気分だけで不幸を感じてしまうのだ。

俺は気分を変えるために、残されたマイクを見た。

「お前も留守番だな」

リビングの床、ソファにもたれかかりながらティッシュボックスから中身を引き出して遊んでいる様を見て、大吾さんが逃げるように出ていった理由はこっちだな、と思うことにした。

「ダメだよ、こういうことしちゃ」

ティッシュの箱を取り上げ、抱き上げる。

「アー！」

不満なのか、マイクは声を上げた。

だが、イタズラはきちんと怒らないと。

言葉を理解していなかったとしても。

「ほら、ティッシュより俺と遊ぼう」

高い高いをすると、何とも可愛らしい声で笑った。

「お、好きか？　男の子だな」

高い高いを繰り返しながら、仮眠室へ向かう。

そこにはもうセッティングされたベビーベッドが置かれていた。そして寝乱れたベッドも。

どうやらマイクを一人にしないように、大吾さんはここで寝ているらしい。

俺はベッドの上に座ると、マイクを仰向けに寝かせ、脇腹をくすぐった。

また明るい笑い声が響く。

赤ちゃんの笑い声って癒やされるなぁ。

何かの本で読んだけど、電車の中で赤ちゃんの泣き声を聞くと、女の人は心配になり、男は不快に思うとか。

子育てを担当する者としない者の差って言いたいのかもしれないけど、笑い声なら男女関係なく嬉しくなるだろう。

とはいえ、最近は幼稚園の子供の声がうるさいと怒鳴り込んでくる者もいるらしいから、一概には言えないか。

「裕太って言ってみ」

俺はマイクに顔を近づけた。

「裕太」

「ウー……」

口真似するように声は出すが、言語にはなっていない。

「ユータ」

もう一度繰り返すけどダメだった。

まだ早いのか、外国人には『裕太』が言いづらいのか。

「お前さ、本当に大吾さんの子供なの？」

マイクをあやし続けながら、話しかける。

子供は大人が思ってるより記憶力や理解力があるとはいうけれど、マイクはまだ小さいし、日本語はわからないだろう。

「もしお前が本当に大吾さんの子供だったら、きっとこれからはマイクがあの人の一番になるんだな」

大吾さんはドライで情に薄いフリをするけれど、家族愛は強い。

だからどんなにケンカしても、おじいちゃんのことが好きで気に掛けているのだ。

もし、本当の自分の子供がいたら、きっとその子をとても愛するだろう。

ご両親はアメリカで健在だそうだけれど、会いに行ってる様子はない。おじいちゃんとは距離をはかりかねている。

今までは、俺が一番大吾さんの側にいた。

多分、一番気に掛けてもらっていた。

それが当たり前だと思っていた。

でもこれからは違うのだ。

悔しいというより、寂しかった。

「愛されるといいな」

柔らかな髪の毛を撫でる。

マイクはその手を掴もう、と必死に手を伸ばしてきた。

人差し指を与えると、ぎゅっと握り締める。

マイクが大吾さんに大切にされることを考えるのは寂しいけれど、あのもやっとした気持ちはなかった。

この子が、愛されて育つといいな、と思えた。

自分も、できるだけのことをしてあげたいなと思った。

曾《かつ》て自分が孝介達に愛されて育ったように。

でも、マイクの母親のことを考えると、もやっとした。

ベリンダは、綺麗な人だった。

顔立ちは派手だったけれど、暮らしぶりが派手なようには見えなかった。

スーツケースの荷物もきちんと詰められていたし、入っていた服には Michael と縫い取りがされていた。

マイクの正式な名前はマイケルってことだ。

彼女は、それを一枚一枚縫ったのだろう。……お店で頼んだのかもしれないけど、少なくとも、服に子供の名前を縫い取りしてあげようという気持ちがあったことに違いはない。

マイクは、健康そうだ。

よく笑うし、動くし、人見知りはしない。

タバコは泣くほど嫌がるけど、それは子供なら当たり前だろう。

よい生活を送ってきたのだと思う。

子供を愛して、慈しんで、ちゃんと育ててきたのに、どうして彼女はマイクをここへ置いていってしまったんだろう。

本当は大吾さんに子供を渡すつもりはなくて、一人で育てるつもりだったのに、何か理由があって育てられなくなったんだろうか？

一人で育てられないなら、大吾さんと結婚しようって考えて、子供を連れてきたんだろうか。

大吾さんは結婚したくなかったから、強引な手段に出たとか？

でもそれなら、彼女はここに居座ったんじゃないだろうか？

あなたの子よ、ってわざわざ言ったたってことは、大吾さんが自分の子供だと信じてくれなかったとか？

考えても、これといった答えは出てこなかった。

子供ができたってわかっても受け入れない大吾さんっていうのを想像できなかったから。

「ズレてる……」

俺の知ってる大吾さんと、今の状況にズレを感じる。

それとも、俺は彼の全てを知らなかったってことなんだろうか？

俺の知らないところで、大吾さんはベリンダと子供ができるようなことをしていた……。

彼女に愛を囁いたりしたんだろうか。

「ウー、アブゥ」

またもやっとした時、マイクが摑んでいた俺の手を口に咥えた。

「何だよ、お腹空いてるのか？　大吾さん、ご飯くれなかったの？」

涎《よだれ》で汚れた指で唇を突つくと、またパクリとやられ、笑みが零れた。

「ちょっと待ってな。今確かめるから」

俺はマイクを抱き上げて、ベビーベッドの中に入れた。

「アゥ、アゥ、ウー」

不満げな声を上げるが、抱いたままでは食事の支度はできない。

冷蔵庫には、ちゃんと三食分食事を作って置いておいた。それを確認すれば食べたか食べてないかがわかるだろう。

食べてなかったら食べさせるし、食べてたらジュースか何かをあげよう。

その後、昼寝させて、寝てる間にリビングの掃除とベッドメイクだな。

「アー！　マミィ。プー、プー」

ベビーベッドの柵をガタガタ鳴らしながら叫ぶマイクに後ろ髪を引かれながら、俺はキッチンへ向かった。

今日は、何だか調子が悪い。

どこかで何かがズレてる気がする。

それが何なのかわからないけれど、そのせいで、心にぽっかりと穴が開いたようだ。

「離乳食は残ってる、か。じゃ、ご飯食べさせなきゃ」

冷蔵庫を閉じ、俺はすぐにマイクの下へ戻った。

「はい、はい。ご飯にしようね」

その温もりで心の穴を埋めるように、小さな身体を抱き上げた。

俺を必要としている者が、ここにいるのだと実感しながら。


大吾さんと一緒に夕飯を食べてから家に戻ると、俺は真っすぐに自分の部屋へ向かった。

居間にいた二人が、お茶を飲まないかと声をかけてくれたけれど、疲れてるからと遠慮した。

本当は、二人きりの時間を邪魔したくなかったからだけど。

二人がいちゃついてるのを一度目撃したことがある。

まだ、おじいちゃんが家にいた頃だ。

その日、おじいちゃんは身体が重いと言って早くに自室へ籠もってしまっていた。

俺も、大学のレポートがあって、ずっと部屋にいた。

少し休憩しようと居間に向かうと、居間からは二人の声が聞こえた。

「やっぱり病院に連れてった方がいいだろう」

「でも塩瀬さん、病院嫌いなんだよね」

「そういう問題じゃないだろう。塩瀬さんにもしものことがあったら、引っ越しも考えなくちゃならないし」

おじいちゃんのことを話してるとわかって、俺は足音を忍ばせて台所へ向かった。

我が家の複雑な関係を考えると、そういう話し合いには、自分は拘わらない方がいいと思ったのだ。

この家はおじいちゃんの家で、俺達はおじいちゃんの血縁ではない。だから、孝介が『万が一のこと』について話しているのは納得できる。

でもそういう話題には加わりたくなかった。

考えたくもないことだ。

おじいちゃんの肉親である大吾さんは、きっと俺達がここに住むことを許してくれるだろう。

あの人は優しいから。

でも、俺がそう口を挟むと、きっと孝介は不機嫌になる。

塩瀬のおじいちゃんは好きなのに、大吾さんは気に入らないみたいだから。

お茶を淹れ、カップを手にまた居間の前を通る。

さっきまで聞こえていた声が聞こえなくなっていたので、何となく心配になって、俺は襖《ふすま》の隙間からそっと中を窺った。

その時、見てしまったのだ。

二人がキスしてるのを。

孝介の腕が薫の肩を抱いて引き寄せ、薫は孝介の方に自分から差し出すように顔を寄せている。

親愛のキスなんかじゃなかった。

長く、濃厚なキスだった。

「だめだって……」

と呟く薫の声も、いつもと違う。

「わかってる。これ以上はしない」

これ以上？

キス以上をするのか、二人は。

いや、恋人同士なんだし、そういうこともあるだろう。

二人が恋人だっていうのはちゃんと聞いた。

ある程度は想像の範疇《はんちゅう》だった。

けれど、リアルにその様子を見てしまうと、感覚が変わった。

気持ち悪いとは思わなかったが、生々しいと思ってしまった。

「裕太、部屋だろう?」

「うん、レポートだって」

「塩瀬さんのことはあいつに任せて、少し散歩に出るか?」

「散歩?」

「二人きりで歩くのもいいだろう」

「いいよ。外でならもう少し許してあげる」

身体を離した二人が立ち上がる気配を察し、俺は慌てて部屋へ戻った。

二人の会話は、『親』のものではなかった。

二人共、いつもより砕けた様子で、声も柔らかかった。

それが二人の関係を表していた。

二人は、『俺の親』である前に『恋人同士』なんだ、と強く認識させられた。

部屋に戻っても、心臓がドキドキしていた。

見てはいけないものを見た、という気持ちでいっぱいだった。

当然のことだ、わかってたことじゃないかと思いつつも、驚きだった。

キス、するんだ。

キスってああいうものなんだ。

キス以上のこともするんだ。

キス以上ってことは、抱き合ったり……。

頭の中に半裸の二人が寄り添う姿が浮かび、打ち消すために頭を振る。

男と男の恋愛というものの現実を、初めて見た気分だった。

もしも朝、二人を起こしに行った時に布団の中で抱き合ってる二人を見たらどうしよう。そういうコトの声を聞いてしまったら、現場を見たら……。

大吾さんが俺を嫁にと言うけれど、それってそういうことをする相手ってつもりなんだろうか？

いや、あれはジョークだろう。

でもバイセクシャルだと豪語する彼は、男性とそういうことをしてるはずだ。

そして孝介と薫がそういうことをしているのも、知ってるのだ。

想像したくないことが次々と想像できてしまって、俺は混乱の中、友人に誘いのメールを送り、部屋を出た。

「ねえ、誘われたからちょっと出てくる」

と、廊下から大きな声をかけて。

「もう随分遅いだろう」

「レポートのことで相談があるんだよ」

姿の見えない孝介に、そう言い訳して。

もちろん、友人に相談するつもりはなかった。

というか、誰にも言えなかった。大吾さんにも、言わなかった。ごまかすのじゃない、これは『言わなくていいこと』だから。

暫くは、誰に対してもギクシャクした態度になった。

孝介も薫も、それを知ってるおじいちゃんも、大吾さんも。近づけば『そのこと』を考えてしまうから。

『セックス』という言葉を使うのも嫌で、『そのこと』とか『あのこと』とか、『ああいう行為』という言葉でしか言い表せなかった。

家を出たい、と思ったのは、それが理由だ。

見たくないものを見ないで済むように、俺という邪魔者がいなければ二人はもっと恋人の時間を作れるんじゃないだろうかという考えもあった。

もう男同士の恋愛について、真剣に考えるのは止めようと思った。

物語の中のことのように、軽口の中に沈めてしまおうと思った。

誓って、嫌悪感はなかった。

でも、性的なことに対するショックはあった。

俺は、子供だったのだ。

テレビや映画やマンガやエロ本で、歳相応の知識と免疫はあると思っていたが、現実は全然違っていた。

そこから、俺は時間をかけて、一人で、『そういうこと』を自分から遠ざける努力をした。みんな、自分とは違う世界の出来事なのだと。

そしてそれは成功していた。

孝介達が寄り添っていても、大吾さんがジョークを口にしても、もう気にならないようになっていた。

けれど……。

その考えたくないリアルが、また俺の頭の中を過《よぎ》る。

マイクが大吾さんの子供なら、彼はベリンダを抱いたのだ、と思った時に。

リアルな光景を見たわけではないから考えずにいられたのに。高橋が、まるでベリンダと大吾さんがデキてるのが当然のような言い方をしたから、マイクを見てまた想像してしまった。

彼の大きな身体が、ベリンダを抱き締める。

あの日の孝介達のように、親愛のキスではない、もっと激しいキスをしたのだろうか。

大吾さんが自分を抱き締めても、親しい人の抱擁だと思えていたのに、『男』の人が自分を『抱く』という感覚になるのだろうか。

大吾さんがいけないんだ。

マイクが誰の子供かはっきりしないから。

見知らぬ人の子供だったら、変なことを考えずに済んだのに。

マイクは可愛い。

でもマイクを見ると、考えてしまう。

そしてそれが嫌だと思うのは、自分が大吾さんに執着しているからだろうか。

「何か俺、今日は変だ」

ベッドに仰向けに横たわり、ポツリと零す。

今日は、何かがズレた。

些細なことだけれど、いつもと違う。

「俺は就職のことを考えて大吾さんといるんじゃない。ベリンダはまだ大吾さんの彼女とは限らない。大吾さんはマイクを自分の子供だとハッキリは言ってないし、ベリンダはあのマンションにはいない。……どこにいるんだろ?」

考える必要はない、と言いながら頭から離れない疑問を、俺は声に出してみた。

気休めだけれど、問題は後回しにしていい、今は考えることも想像する必要もないという呪文のように。

「何も変わらない。孝介も薫も好きだし、おじいちゃんは元気だし、大吾さんも好きで、マイクは可愛い。だから明日も、今日と同じように楽しい日だ」

先日まで、何もなかった生活に波風が立っている。

それを感じ取りながらも、俺は無視した。

何事もない。

明日も大学へ行って勉強して、マンションへ行ってマイクの世話をするだけ。失うものもなければ変化するもののもないはずだ。

「あ……、レポート」

やらなきゃならないことはあるにしても……。


翌日、少し遅く起きてから大学へ行き、友人達と顔を合わせた。

もう彼等は俺や大吾さんのことをからかうような言葉は口にせず、近づいてくるテストの話題に終始していた。

季節は初夏に移り、夏休みが見えてくる。

同時に、その前に大きな山である期末テストも近づいてくるのだ。

適当にヤマをかけたり、先輩から過去問をもらう方法やノートのコピーについての話題が増えてきた。

今時はスマホで情報交換をするので、メールやグループのＳＮＳが大活躍だ。

「去年のレポートでコピペってた先輩がバレて追試になったらしいよ」

「今はコピペかどうかのサーチソフトもあるからな。せめて語尾とかは変えないと」

「市村《いちむら》が国文はガチレポートのみだって言ってたぜ。一般教養は三年になると軽くなるって」

「国文はいいんだよ。それより英語だろ」

そんな会話の中で、俺も大学にいる間は勉強のことだけで頭がいっぱいだった。

だが、一度大学を出て友人達と離れてしまうと、頭の片隅に追いやっていたことが、また大きくなってくる。

それに無理やりフタをして、マンションに到着すると、大吾さんが俺を待っていた。

俺が来るまでは大吾さんがマイクの面倒を見ているのだから、驚きはしないけれど、何となく身体が硬くなる。

でも大吾さんは俺のことなど気にしていなかった。

「丁度メールしようかと思ったところだ」

マイクは大吾さんの腕の中で眠りかけていた。

首がカクカクしている。

「どうして？」

「もう出なきゃならないからだ。今日はちょっと遅くなるから、根岸達にもそう連絡してくれ。できれば泊まって欲しいくらいだ」

「泊まり？　そんなに遅いの？」

「わからん。交渉次第だな」

俺が部屋の隅にカバンを置いて戻ってくると、大吾さんはそうっとマイクを俺に差し出した。

受け取る身体が熱いのは、やっぱりもう眠いからだろう。

居場所が変わったからか、一瞬目を大きく見開いて「ウー……」と唸ったが、またすぐに目を閉じてしまった。

その頬に、大吾さんがキスを贈る。

「おとなしく寝てろよ」

キス、普通にするんだ。

アメリカで育ったんだから当然かもしれないけれど、俺の前で誰かにキスするのは見たことがない。……いや、ベリンダとキスしてたか。

「急いで着替えないと」

時計を見て、彼が二階へ駆け上ってゆく。

俺にはキスせずに。

……って、当然だろう。

別にキスして欲しいわけじゃない。ただ、マイクには自然に与えられた愛情が、自分には与えられなかった、みたいな気持ちになっただけだ。

愛情だって、親愛って意味のだ。

スーツに着替えた大吾さんは、ネクタイを締めながらすぐに下りてきた。

顔が、仕事モードになっている。

大人の男、という感じでカッコいいな。孝介達もそうだけど、大人って普段と仕事モードの雰囲気が全然違う。

「帰り、遅いの？」

「大口の契約の相手との会食でな。ま、接待だ。本当は部下に行かせるつもりだったんだが、相手が社長は来ないのか、と文句を言ったらしい」

ネクタイを締め終え、彼は『どうだ？』という顔で俺を見た。

「カッコいいよ」

素直に言葉が出る。

本当にそう思っていたところだったから。

「泊まりがダメでも、遅くなったらタクシー代を出してやるから、俺が帰ってくるまで頼む」

「わかった。訊いてみるよ。ダメって言われても、マイクを一人にはできないから、戻ってくるまではいるから」

「頼むな」

大吾さんは、俺にはキスをしなかった。

いつものように、髪をクシャクシャと撫でただけだった。

マイクには、またつむじにキスしたのに。

「いってらっしゃい」

「ああ」

慌てて出て行く彼の背中を見送って、俺はため息をついた。

俺、何やってるんだろう。

マイクと自分を比べるなんて。

今まで、俺が『一番』大吾さんに近いと思っていた。会社の人間より、孝介達より、俺が『一番』だと。それが替わってしまったことが寂しいのだろう。

もう、彼の中では一番に気にかけるのはマイクのこと。それは当然だ。

ただ、『一番』という地位は一つしかなく、それを失うことが寂しいだけなのだ。

そしてもう一つ、微《かす》かな不安が過るから、寂しいのだろう。

俺は、自分と大吾さんの関係がいつまでも続くと思っていた。

でも、マイクがもう少し大きくなったら、俺はここに来ることもできなくなるかもしれない。

動き回る子供には、専従のシッターさんがいた方がいいだろうし、マイクの面倒を見るのが忙しいから遠慮してくれと言われるかも。

すぐではなくても、いつかそんな日が来るかもしれない。

……大吾さんを、失いたくないな。

そう思う気持ちが自分の中にあった。

でも、自分には大吾さんを繋ぎ留める理由はない。

今まで曖昧《あいまい》な関係が楽でいいと思っていたが、曖昧なままでは、『実の子供』の前では負けてしまうのだ。

今まで自分が受けていたものが、マイクに向けられる。

自分と過ごした時間が、マイクとの時間に替わる。

そうしたら、俺はどこへ行けばいいんだろう？

「お前が嫌いわけじゃないよ」

俺は腕の中のマイクに頬を擦り寄せた。

もう眠りかけてたマイクは、それを嫌がるように手で押し戻した。

そして完全に眠りに落ち、動かなくなってしまった。

すやすやとした寝息が聞こえてきたのを確認し、重たくなった小さな身体をベビーベッドに寝かせる。

マイクと大吾さんの食事を作り置きしなくちゃ。それから洗濯だ。

掃除とベッドメイクはマイクが起きてからにしよう。

俺はバイトでここに来ているんだから、その仕事をきちんとこなさないと。

キッチンに立ち、料理を始めると、ふっと大吾さんと二人きりで過ごしていた時間を思い出した。

彼の視線は自分にだけ向けられていた。俺が理解してようがいまいが気にせず、仕事の愚痴を聞かせることもあった。

孝介達には言えない不満を、話すこともあった。

隣に座り、身を寄せ合い、抱き締められることもあった。

でもこれからは？

二人でいても、どちらかの腕の中にはマイクがいるだろう。

彼の目は、子供の方に向けられるだろう。

そう思うことが、どうしてこんなにも落ち込ませるのか。

……もやもやする。

何もかもがはっきりしなくて、もやもやする。自分も含め、誰もそのはっきりしないことをはっきりとさせようとしていない気がする。

俺は大吾さんとの関係をはっきりさせるべきなんだろうか？　それはどんな関係にすればいいものなのだろうか？

知り合いの息子、小さな頃から知ってる子供、歳の離れた友人、ハウスキーパーのアルバイト。

そして……。

彼のジョークに乗りそうになって、軽く頭を振る。

別に、大吾さんの一番でなくたっていいじゃないか。

あの人が、突然俺を邪険に扱うなんてしないはずだ。俺の不安が現実になるとしたって、それは遠い先の話だ。

暫くは、今のままでいられる。

だから、多くを望まない方がいい。

欲しいものができると、手に入らない悲しみも生まれるのだから。


マイクが寝ている間にするべきことを済ませ、ついでに大学の勉強をしていたが、目を覚ますと、かまってアピールをする声を心を鬼にして無視しながら掃除を始める。

掃除機の音が嫌いなのか、不満を声に出し、泣き始めた。

辛いけど、もう少し我慢だ。

ベッドメイクまで終えると、やっと彼をベビーベッドから出してやる。

ハイハイができるマイクは、床に置いた途端、辺りを這い回った。

時折動きを止め、こちらを見て、俺がいるのを確認するとまた動きだす。

仮眠室を出て行きそうになったので、捕まえて膝に抱き上げてベッドに座った。

まだ暴れ足りないと蠢くので、先日買ってきた絵本を読み聞かせることにした。

「ほーら、虫さんだぞ」

言葉はわかっていないだろうが、色とりどりの絵には興味があるようだ。

この子がここで暮らすのなら日本語を覚えるべきだろうと、注意が向いたところで「はーな」「むーし」など絵を示しながら日本語の単語を口にしてみる。

単語にはならなかったが、俺の声を追いかけるように「ナー！」とか「シーッ！」とか、それっぽい声を上げた。

同じ本を二度読んでから、夕飯だ。

今度は抱き上げてキッチンへ連れていき、子供用のシートベルトのついた椅子に座らせ、カウンターで食事をさせる。

食事が終わってから、俺は薫に電話を入れた。

「大吾さん、今日仕事で遅くなるからいつもより遅くまでいて欲しいっていうんだけど」

孝介ではなく、薫に電話を入れたのは、薫の方が緩いからだ。

『何時まで？』

「わかんない、帰ってくるまでだと思う。できれば泊まって欲しいって言われたんだけど……」

『明日学校あるんだろう？　それはダメ。十二時過ぎても大吾さんが帰ってこなかったら、もう一度電話しなさい』

「はーい」

泊まってはいけないと言われたことが、半分残念で半分ほっとする。

理由はわからないけど。

電話が終わると、テレビを点けてマイクをあやしながらまた勉強。

八時を過ぎても、大吾さんは帰ってこなかった。泊まって欲しいというくらいだから、もっと遅くなるのだろう。

これ以上遅くなると、マイクが眠くなってしまうので、彼を待たずにマイクをお風呂に入れることにした。

いつもなら、大吾さんは帰宅してから彼に入れてもらっていたので、俺が一人で入れるのは初めてだ。

ちょっとドキドキするけど、何とかなるだろう。

それでも、一応赤ちゃんのお風呂に入れ方を検索してチェックしてから、事に挑んだ。

広いスタイリッシュなバスルームにそぐわないアヒルの玩具。

まずはそれを渡して気分をよくさせてから、シャワーで身体を流してやり、手にボディシャンプーを付けて直接洗う。

くすぐったいのか、逃げようとするところを押さえて、肉がくびれている皺の間まで指を使って丁寧に洗った。

問題は髪だ。

膝に座らせて、仰向けにして洗うのがいいそうだが、そうはおとなしくしてくれない。すぐに起き上がろうとするし、それを押さえると反抗の声を上げる。

アヒルちゃんも投げ捨てられ、役に立たなくなってしまった。

……子育てって精神と体力の闘いだなぁ。

何とか洗い終わったら、今度は自分だ。

バスタブに摑まって歩こうとしているマイクにアヒルを拾ってきて渡し、声をかけながらサササッと身体を洗い流す。

それからやっと湯船に入った。

赤ちゃんによっては湯船に入るのを嫌がる子もいるらしいが、マイクはそうじゃなくてよかった。むしろ、両脇を持ってお湯の中で上下させてやると、キャッキャッと喜ぶ。

浮遊感が好きなのかも。

「ほーら、高い高い」

とやると、アヒルを握ったまま水面をバシャバシャ叩く。

「そうか、楽しいか。じゃもう一回」

「アー、アアウーッ!」

「アヒル。ダックだよ」

「クーッ!」

興奮し過ぎたのか、またアヒルを投げた。

「こら、もの投げちゃダメだろ」

叱ってもわからず、自分が投げたのに突然手から消えたアヒルを探してキョロキョロする。

「いい眺めだ」

突然、声がして俺は戸口を振り向いた。

「大吾さん」

スーツ姿の大吾さんが、にやにやしながら覗いている。

いるはずのない人の姿を見て、ちょっと嬉しくなった。

「もう帰ってきたの? もっと遅くなるかと思ったのに」

「後は任せてきた。俺と話があるというより、俺がいれば高い酒が飲めるから呼び出したって感じだったからな。相手が行ったこともないような銀座《ぎんざ》のバーへ押し込んできた。温かくお迎えしてもらえると思ったら誰もいなくて驚いたぞ」

「お風呂だよ。もっと遅くなるかと思ったから、頑張って一人で入れてたんだ」

「ああ、声がしたから、気づいて覗きに来た」

にやにや笑いは消えたけれど、まだ戸口に立ったままこちらを見てる。

「顔、少し赤いね。飲んできたの?」

見られてる、と思うと何だか出にくい。当たり前だけど全裸なので。

「飲んではいるが、あの程度で酔うもんか。風呂場の熱気のせいだろう」

「どうでもいいけど、閉めてよ。マイクが風邪ひいちゃう」

「いいじゃないか。目の保養だ」

「バカ言って」

「上がってきてくれれば、もっと目の保養なんだがな」

と言いながら、彼はバスルームに入ってきた。

何かされるのではと、ドキリとした。

全裸では無防備過ぎる、と身体が硬くなる。

けれど大吾さんは俺の手からマイクを取り上げただけだった。

「あ」

「もう洗い終わってるんだろう？　着替えはさせておく。お前はゆっくり浸かってこい」

自分の服が濡れないよう、腕を伸ばしてマイクを掲げ、そのまま出ていった。

急にシンとするバスルーム。

大吾さんは親切でマイクを連れてってくれたのに、取り残されてしまった気分になる。

俺は腰を滑らせ、湯船に深く身を沈めた。

大吾さんの顔を見た時、とても嬉しかった。

全裸でいることを、恥ずかしいと思った。男同士で、子供の頃には一緒にお風呂に入ったこともあるのに。

近づかれて緊張し、何もされないことに安堵《あんど》しながらがっかりしてる。大吾さんが、エッチなことをすると思ってたわけじゃないのに。

「変なの……」

自分で自分の気持ちがわからず、もやもやする。

今のでガッカリするって、まるでここで襲って欲しかったみたいじゃないか。そんなことされたら、絶対に怒るのに。

かまって欲しいのかな。もっと、俺を見てって。それじゃマイクと一緒だ。

子供扱いしないから、大吾さんが好きなんじゃないか。今更子供扱いされたいなんて思わない。マイクとポジションを争う気はないぞ。

ザバンと頭まで湯船に浸かり、せっかく大吾さんがゆっくり浸かれと言ってくれたんだから、もう一度身体を洗い直して、頭も洗ってから風呂を出た。

「ありがとう。ゆっくり入れた」

バスルームからリビングへ戻ると、大吾さんはタバコを吸ってお酒を飲んでいた。

「タバコなんか吸って」

と睨むと、彼は安心しろというように仮眠室を指さした。

「マイクは奥だ。うつらうつらしてたから、すぐ寝るだろう」

「ホント？　さっきまでアヒル投げるくらい元気だったんだよ？」

「アヒルを投げて疲れたんだろう」

それでも信用できなくて、そっと奥を覗き込む。

部屋は薄暗くされていてへビーベッドの中は動いている気配がない。

「ホントだ」

子供って、突然寝るんだ。

「一緒に飲むか？　甘いの作ってやるぞ」

「お酒？」

「もう飲める歳だろう。付き合えよ」

お酒に誘われるということが、大人扱いされてる気にさせたので、お酒は得手じゃないけど頷いた。

「じゃ、少しだけ」

彼が座っていた向かい側のソファに座ると、大吾さんはお酒を作るために立ち上がり、戻ると俺の隣に座った。

「風呂上がりのいい匂いだ」

と、俺の髪の顔を近づけて匂いを嗅《か》ぐと、作ってきた綺麗なグリーンの液体が入ったグラスを渡した。

「これ、何？」

「ジンライムのソーダ割りだ」

答えてから、手を伸ばして自分も飲みかけのグラスを手にする。

渡されたグラスに口を付けると、爽《さわ》やかなライムの味がした。確かに甘くて美味しい。

「大吾さんは何飲んでるの？」

「俺はバーボンのロックだ。飲んでみるか？」

「いい。不味《まず》そう」

正直に言うと、彼は笑った。

「お前は酒が好きじゃないんだな」

「そういうわけじゃないよ。ビールやチューハイくらいは飲むもん。でもバーボンを飲みたいと思うほど好きじゃないのは認める」

大吾さんの手が、俺の肩に回る。

けれど肩を抱くのではなく、ソファの背もたれに腕を広げただけだ。

「ひょっとして、機嫌いい？」

「うん？　まあな。帰ってきたら、裕太の裸が拝めたし」

「覗きはお金取るよ」

「マイクを取りに行ったら、たまたま見えただけだ。それに、風呂に浸かってたんだから、殆ど見えなかったじゃないか」

「じゃ裸を見たわけじゃないじゃん」

「全裸は見なかったが、湯浴《ゆあ》み姿は見れた。一緒に入ろうと言っても入ってくれないから、貴重な眺めだったぞ」

「温泉連れてってくれれば一緒に入ってあげるよ。薫達も喜ぶと思うし」

「保護者同伴かよ」

軽い会話。

いつもの雰囲気。

大吾さんの機嫌もいいし、甘いお酒で軽い酔いを感じて俺の機嫌もよくなってくる。

「こんなに早く帰ってくるなら、泊まれなんて言わなくてもよかったのに」

「予定ではもう少しかかるはずだったんだ。だが、相手の目的が俺じゃないとわかって、いる必要がないと感じたから帰ってきた」

「大吾さんじゃなくて、大吾さんの財布で飲むこと、だっけ?」

「ああ。大型の介護ホームを造るそうで、そこにまとめて納入する」

「契約決まったの?」

「だから奢《おご》ってやるのさ。俗物で、あんなヤツが経営するホームには、ジジイは入れないな」

「運営スタッフは優秀かもよ」

「なるほど」

大吾さんのピッチは早く、飲みながら仕事の話を始めた。

今回の仕事の相手は、金儲けのためにホームを造った人間だった。

自分も儲けを得るために仕事をしてるが、儲けだけを考えて仕事をする人間は嫌いだ。

だがそういうヤツにこそ、うちの商品を売りたい。我が社の商品は最高のものばかりだから、たとえ拝金主義の人間が使っても、介護される者は満足するだろう。

安かろう悪かろうの物を使われるよりずっといい。

それから、マイクのことでベビー用品を扱うのも悪くないと話が変わる。

自分で買ってみてわかったが、子供のものは財布が緩いし、よりよいものを買おうとする。

多くを扱うことはできなくても、高級品を何点か扱ってみようか、と。

「よく、六つの財布って言うもんね」

「六つの財布？」

「両親と、それぞれのおじいちゃんおばあちゃんで、合わせて六つ。六人が一人の子供のためにお金を出すって意味だよ」

「なるほど」

大吾さんの機嫌がよかったのは、契約が決まりそうというより新しい事業を考えついたからかもしれないな。

彼は、手酌でバーボンを飲み進み、俺にも新しいのを作ってくれた。

大吾さんは帰ってきたんだから、俺も帰らなきゃいけないのに。帰るならお酒なんか飲んじゃいけないのに。久々二人きりの楽しい時間に、歯止めがきかない。

「薄く作ってよ」

と注意だけはしたけれど、三杯目まで口を付けてしまった。

酔いが回ってくる。

大吾さんも、酔ってると思う。

話題はベビー用品のことで、この間のデパートで見たものや、ネットで話題のものなどを、あれがいいとか悪いとか言い合う。

だからかもしれない。

今なら、もう一度訊いてもいいんじゃないか、と思ってしまった。

酔ってはいたが、理性をなくすほどではない。でも酔ってる人間はしつこくなったり、いつもと違うことを言いだしたりするものだ。

「子供っていえば、マイクのお母さんはどうしたのかな」

こんなふうに話を振っても、不自然じゃないだろう?

「ベリンダ？」

「どこにいるのかわからないけど、顔ぐらい見せてもいいのに」

「それは無理だ」

「どうして？」

「アメリカに戻った」

え？

「戻った？　アメリカに？　マイクを置いて？」

「色々事情があるのさ」

大吾さんは気にしてないふうだったけど、俺は怒りを覚えた。

それじゃまるで、自分はいらないから渡しに来たみたいじゃないか。

「子供を預けて姿を見せないだけでも酷いのに、外国に行くなんて最低」

俺が悪く言うと、彼は困ったような顔をした。

それが、彼女をかばっているように見えてムカつく。かばう理由なんかないのに。俺のこの怒りは正しいでしょう？

「どうしてあんな人を選んだの？」

「選ぶ？」

「子供の母親として選んだんでしょう。……結婚するんでしょう？」

自分で言っておきながら『結婚』という言葉が胸に刺さる。

大吾さんが彼女と結婚したら、ますます俺の居場所はなくなるんだ。大吾さんは彼女に取られてしまうんだ。

「結婚はしないさ。お前が好きだからな」

彼は否定したけれど、冗談めかしたその言い方にまた腹が立つ。

「嘘つき」

「嘘じゃないさ」

「嘘だよ。彼女を抱いたんでしょう？」

語気荒く糾弾すると、彼は少し驚いたようにこちらを見た。

「俺が彼女を抱くと怒るのか？」

訊き返され、言葉に詰まる。

「……そうじゃないよ。二股かけるようなこと言うからだよ。彼女に失礼じゃないか、子供まで作ったのに。子供を作るくらいは本気だったんでしょう。なのに俺を好きだなんて二股だ。俺は絶対二股かける人は好きにならない。俺だけを好きな人がいい」

「遊びでも？」

「遊びだって嫌だ。俺だけの人がいい。俺は自分の好きな人は誰にも渡したくない」

「真っすぐだな」

笑いながら言われたその言葉が『子供だな』と言われたようで、またムカついた。

「俺が真っすぐなら、大吾さんは不謹慎だ。そんなふらふらしてる人の『好き』なんて信用できない」

「信用されないのは辛いな」

「じゃあ、大吾さんも真っすぐになれば？」

「真っすぐになったら信用してくれるのか？」

「誠実ならね。大吾さんが誰を好きでも、本気ならちゃんとその人だけに向き合わないと。軽い大吾さんも嫌いじゃないけど、不実な大吾さんは嫌いだ」

「嫌いか、それは困るな」

腕が肩に置かれたので、ピシッと叩いた。

「こういうふうにごまかすの嫌い。俺はちゃんと知りたいの。なのに何にも説明してくれない。大吾さんは俺のことをその程度にしか思ってないんだから、もうプロポーズ禁止」

怒って興奮したせいか、頭が少しくらくらする。

お酒が回ってきてるからだとわかってるのに、言葉を休める方法が他にないから手元のグラスに口を付ける。

「俺は……。俺だけの人が欲しいんだ……」

だから余計に酔っ払って、口が動く。

「普通の人は、親だけは自分のものだけど、俺には親がいない。孝介達はいるけど、孝介は薫のものだし、薫も孝介のものだもの。最期《さいご》に俺の手を握ってくれる人はいないんだ」

　ずっとそう思っていたわけじゃないけど。二人が『恋人』なんだって突き付けられてから、二人がお互いの一番なんだ、俺はその次なんだって思うようになった。

「俺がいるだろ」

　またそういう軽口を。

　それは真実じゃないじゃないか。

「大吾さんはベリンダだろ。彼女じゃなくても、マイクの手を握らなきゃ。親ってそういうものであって欲しい」

「裕太は親が恋しいのか？」

「もうそんな歳じゃない」

「じゃ説明してくれ、俺にはわからん」

　説明して欲しいってことは知りたいってことだ。俺のことを知りたいって思ってくれたのは嬉しかったから、頭の中で言葉を探す。

「親って、『ずっと』じゃん。遠くにいても、好きでも嫌いでも『親』でしょ？　ずっとそれは変わらない。でも俺の親は二人とも死んじゃっていないから。長谷川の親族はとっくに俺の手を離してる。おじいちゃんも、大吾さんも、孝介と薫も、友達も、俺の周りには沢山の人がいて、俺に好意を向けてくれてるのはわかってる。でもみんな『俺だけの』人じゃない。だから、俺が辛い時にその人達が別の人を選んでも何も言えない。一番大変な時は、別の人を選ぶだろうなってわかってる。でも俺は、『この人は絶対に俺の手を取ってくれる』って人が欲しい。それは親でも親族でも友人でも恋人でもいい。呼び方や関係じゃなくて、『俺だけの』誰かが」

俺ってば、何を自分語りしてるんだろう。

恥ずかしいヤツ。

でも大吾さんは静かに聞いてくれている。

「俺はね。愛情ってものを信じてる、愛情を受けて育ったからね。だから孝介達みたいに愛情が欲しいんだ。マイクにも、それをあげたい。お母さんがあの子の手を離したなら、大吾さんは握ってあげて」

「マイクより自分を取れ、とは言わないのか?」

「言わない。だってマイクはまだ小さいもの。あの子は一人にしちゃダメだよ。誰もがそういう人を見つけられるわけじゃないってわかってるけど、目の前に手に入れた人がいるから、欲しくなっちゃう」

「根岸達か」

「うん。いいよね、俺も誰かの一番になりたいなあ……。好きな人に好きになってもらいたい。二股はダメ」

ずるずるっと背もたれから身体を滑らせた俺の手から、グラスが取り上げられる。

「お前、酔っ払ってるな？」

「ん、気持ちいい……。眠い……」

「しょうがないな。少し横になれ」

「十二時過ぎるなら連絡しろって薫が……」

「俺が電話しとくし、送ってやるから」

「大吾さん飲んでるじゃん」

「タクシー呼んでやる」

「お金持ち。でもね、俺が大吾さんを好きなのはお金持ちだからじゃないよ」

頭がぐるぐるするる
瞼が重い。

「みんなお金がどうの、就職がどうのとかっていうけど、そういうのじゃないんだ」

「じゃ、どこが好きなんだ？」

「はっきりしてるとこ。ごまかさないで、ちゃんと俺を見てくれるとこ。だから、今は好きじゃない。隠し事して、ふらふらして、そういうのキライ……」

「わかった、わかった。ほら、寝ろ。十二時になったら起こしてやる」

「絶対だよ」

瞼の重さに負けて目を閉じる。

何か、いっぱい喋った。

自分で『そんなこと考えてたのか』ってことまで言葉にした気がする。

目を閉じてしまうと、眠りはすぐにやってきた。

意識は遠のくけど、頭は冴《さ》えている。何か変な感覚。

タバコの匂いが漂ってくる。

一階でタバコを吸っちゃダメだって言ったのに。怒ろうと思ったけど、もう手足も口も動かなかった。

ただ、そのタバコの匂いが、『ああ大吾さんだなぁ』と思えて、悪い気はしなかった。


小さい頃、周囲の友人達にお迎えでお母さんが来ても、寂しいと思わなかった。

だって、俺には孝介か薫が来てくれたから。

親がいないのを寂しいと思ったことなどなかった。

でも、孝介達から全ての真実を告げられた時、初めて寂しさを感じた。

ずっと、何もかも話してくれてると思ってた。隠し事などないと思ってた。でもそうじゃなかった。

俺は、あの家で一人だけ違う扱いだったのだ。

でも、それを『寂しい』と言うのはいけないことだと思っていた。

そう言ってしまったら、今まで自分を愛してくれてきた人に失礼だと思った。

でも今は……。

あの時感じた寂しさをごまかせたのは、大吾さんのお陰だった。

知らされなかったことを、知りたかったと訴えていいのだと言ってくれたから。俺は『知らされない者』だったけど、『知りたいと訴えてもいい者』でもあるのだ、と教えてくれたから。

そして、何でも聞いてくれる大吾さんは、俺の特別だった。

だって、こんな存在を持ってる人なんていない。

保護者じゃない、ただの友人じゃない。単なる知り合いでもない。説明できるぴったりの言葉はないけど、とにかく特別だった。

子供の頃からずっと側にいて、特別だって思わないくらいに、特別だった。

でも、大吾さんも、俺だけの人じゃなかった……。

寂しい。

こんなにも優しい人々に囲まれているのに、独りぼっちのような気持ち、

『マイクがいるから？』

違うと思う。

マイクは大吾さんに愛されなければいけないけど、愛して子供にしたわけじゃない。子供だから愛するんだ。

『じゃあベリンダ？』

そうかも。

だって、ベリンダは彼に愛してもらった。彼に抱かれた。

『今までだって遊び歩いてたのに』

あの頃は、気にならなかった。

大吾さんがその人達を特別に扱ってるわけじゃないってわかってたし。

でもベリンダは特別になった。だから赤ちゃんが生まれたんだし、マイクを渡されて、いなくなっても悪く言わない。

彼女が何をしても、大吾さんは許すんだ。

『嫉妬してる？』

嫉妬……。

してるんだろうか？

彼女に怒ってるのは、マイクのことだけじゃなくて、大吾さんに選ばれたのに彼の側にいないからなんだろうか？

俺なら、ずっと側にいるのに。

大吾さんが本気で俺を愛してくれたら、ずっと側にいるのに。
嫉妬というより、羨《うらや》んでいるのかも。
『羨ましい？』
彼女は特別なのに、それを大切にしてない。
『愛されたい？』
愛されるより、特別になりたい、
俺を特別にして欲しい。
『もう少しだな』
もう少し？　何が？
ぼんやりと、大吾さんの顔が目に入る。
近づいてキスされる。
これは夢だ。
あの人は俺にキスはしない。
好きだの結婚しようだの言っても、そういうことはしてこなかった。
第一、そんなことしたら孝介に殺される。
柔らかな唇の感触は、すぐに離れた。
顔が離れると、また視界は暗くなる。

俺、大吾さんにキスされたいのかな。

キスするほど好き、になって欲しいのかな。

彼の特別になるっていうのは、彼に抱かれるってことになるのかな。

それを……、俺は望んでるんだろうか？

あの人の恋人になって、キスして、抱かれて……。

孝介と薫みたいに……。


「起きろ、帰るぞ」

という言葉とデコピンと共に身体を揺さぶられ、俺は目を開けた。

「ん……」

「ほら、水飲んで」

差し出された冷たい水を喉に流し込む。

それで目が覚めた。

「タクシー呼んであるから、乗ってけ。チャリは預かっとくから」

「……送ってくれるんじゃなかったの？」

「お前に酒を飲ませたって言ったら、根岸にメチャメチャ怒られたからな。それに、マイクを置いていけないからな」

マイクを一人にできないことより、薫に怒られることの方が先なんだ。

「送って欲しいなら、マイクを連れて一緒にタクシーに乗ってやるぞ？」

「ううん、いいよ。ゆっくり寝かせてあげないと。マイクも大吾さんも」

「裕太は優しいな」

軽く頭を撫でられた。また子供扱いされてると思ったが、自分が語りをしたり変な夢を見た後だったので、その方がありがたかった。

帰る前にもう一度マイクの寝顔を見てから、呼んでもらったタクシーに乗り、家へ戻る。

大吾さんは俺がタクシーに乗るまで見送ってくれたけれど、いつもと同じで、変わった様子はなかった。

ハグもキスもない。

何か言うこともない。

「明日はゆっくりでもいいぞ。遅くなるなら連絡くれればいい」

としか言わなかった。

目は覚めたけど、お酒はちょっと寝ただけじゃ抜けてなくて、車の中でもどこかぼんやりしていた。

夢の中でも考えていたことが、現実でも頭の中を巡る。

自分だけの人が欲しいなんて、ワガママなこと言ったなあ。

俺だって、もう大人だから、そんな人が現れるなんて夢のようなことだってわかってるのに。

テレビを見たって、別れただの浮気しただのといっぱいやってるじゃないか。その中で、たった一人に誠意と愛情を示してくれる人を見つけるなんて、砂浜に落としたビーズの一粒を探すようなものだ。

可能性がゼロじゃないって思ってるから、求めるんだろうな。

何せ、その可能性を摑み取った二人が、いるんだから。

「おかえり」

タクシーを降り、玄関を開けると、そこにその本人が立っていた。

「薫……。ただいま」

顔が怖い。

目が冷たい。

いつもと違うお迎えに、酔いが一気に覚める。

「孝介は？」

「もう寝てる。取り敢えず、裕太の部屋へ行こうか」

薫はそう言うと背中を向け、スタスタと歩きだした。

不味い。本気で怒ってる。

大吾さんが怖がって会いたくないと逃げたのもわかる。普段が優しいだけに、本気で怒るとすごく怖いのだ。

俺の部屋へ入ると、薫は先に座り、俺に正面に座るように促した。

狭い部屋。

ベッドの上じゃなく、畳みの上へだ。薫が正座してるから、俺も正座をして座る。

「何か言うことは？」

「……遅くなってごめんなさい。お酒飲んでごめんなさい」

「お酒飲んだのが悪いことだってわかってるんだ」

「お酒を飲むのは悪いことだと思ってないけど、今日は飲むって言ってなかったし、遅くなるのはベビーシッターの仕事が理由だった。大吾さんが早く帰ってきたなら、その時点で一回連絡して、お酒飲んで帰るって伝えるべきだったのに、それをしなかったから、ごめんなさい」

そこまで言うと、薫は鼻でため息をついて肩を落とした。

「もう一つ、遅くなる連絡を自分で入れずに大吾さんに入れさせた、もだ。でもそこまでわかってるんなら、まあよしとしよう」

「……ごめんなさい」

表情が和らいで、いつもの薫に戻る。

「毛利には、最初の話しか伝えてない。大吾さんと酒盛りしたことは内緒にしておいたから」

「ありがとうございます」

「彼からは、仕事が終わって気分がよかったから晩酌に付き合わせたら寝ちゃったって聞いたけど、そうなのか？」

「うん。ジンライムのソーダ割りっていうのを作ってくれて……」

「何杯飲んだか覚えてる？」

「三杯」

「三杯？」

　薫の片眉が上がる。

「薄いのだよ、ジュースみたいだった」

「甘いお酒は悪酔いするんだ。具合は悪くならなかった？」

「ならなかった。喋ってるうちに眠くなって……、連絡しなくちゃって言ったら大吾さんが俺がしとくって言ったから、つい任せて……。ごめんなさい」

「そう何度も謝らなくていいよ。何が悪いかわかってて、ちゃんと反省してるなら。ただ次は飲む前に連絡してきなさい」

「……はい」

　項垂《うなだれ》れる俺に、薫が苦笑する。

「裕太ももう二十歳過ぎてるんだから、お酒を飲むこと自体は反対しないよ。友達とも飲んでるんだし。ただ眠っちゃうほどは感心しないだけ。自分の酒量はちゃんと把握しておきなさい。男の子だって今時は色々危ないんだから」

「いつもはチューハイとかビールだからそんなに酔わないよ」

「大吾さんの家だから気を抜いた？」

言葉は柔らかいが、まだ責められてる気がする。

「お風呂上がりだったし。マイク、一人でお風呂入れるの初めてだったから疲れたのかも」

返す言葉が言い訳がましくなるのはそのせいだ。

「あの子より大きかったとは思うけど、孝介と薫が俺を育ててくれた時も大変だったろうな、と思って感謝した」

これは本当。

マイクの世話をしてからずっと感じていたことだ。

「裕太は手のかからない子だったからね。それを感じてくれただけでも、シッターのバイトをさせてよかったかな」

「前から感じてはいたよ。ねえ、訊いていい？」

「ん？　何？」

もうお説教は終わっただろうと判断し、俺は正座を崩した。

「薫って、元々男の人が好きだったの？　そうじゃなかったんなら、どうして孝介を好きになったの？」

今まで穏やかだった薫の顔に驚きが浮かぶ。

一瞬だけで、すぐに元に戻ったけど。

「何で突然そんなことを」

「突然じゃなくて、ずっと考えてた、でも訊く機会がなかっただけ。こういう言い方は失礼なのかもしれないけど、孝介だって薫だって、女の子にモテそうなタイプじゃん。なのにどうして二人なのかなぁって」

薫も、脚を崩してベッドに寄りかかった。

話してくれる態勢だ。

「毛利はモテてたけど、俺はモテなかったよ。オトモダチで終わるタイプだったたな。お前の言う通り、俺は元々男の人が好きってわけじゃなかった。学生時代には彼女もいた」

「好きになったのが、たまたま男の人だったってこと？」

「男でも、女でも、きっと毛利を好きになっただろうとは思う。性別で好きになったわけじゃないから」

「じゃ、何で好きになったの？」

薫はちょっと迷ってから口を開いた。

「カッコよかったからかな」

「外見が好きなの？」

「そうじゃないよ」

薫は笑った。

「仕事ができるとか、顔がいいとかじゃなくて、裕太を一生懸命育ててる姿が、カッコいいと思ったからだ。毛利が俺のいた部署に配属されてきた時は、愛想のない嫌なヤツだと思ってた。向こうも俺のことは好きじゃなかったんじゃないかな？」

「そうなの？」

「多分ね」

それでも、甥っこの面倒を見たことのある薫は、孝介より育児の知識と経験があるとわかると、色々教えて欲しいと頭を下げてきた。

子供と話す時は同じ目線で、洗濯物は柔軟剤をちゃんと使って、という基本的なことから教え、コンビニ弁当を与えていたのを注意して料理も覚えさせた。

もちろん、仕事もちゃんとこなしながら。

「その姿が、カッコいいと思ったんだ。そしてそれを側にいて助けてやりたいと思った。仕事は完璧だったけど、育児はちょっと抜けてるところもあったしね」

「わかる。雑だよね」

「裕太のことは比較的丁寧だったよ。でも俺にも手伝える余地は残ってたな」

「でもそれって、カッコいいからっていうより、情けないからじゃないの？」

「違うよ」

薫は即座に否定した。

「裕太も、よく覚えておきな。カッコいい人はいつもカッコいいわけじゃない。カッコよくなる状況がなければ、情けない時も、嫌なヤツと思ったり凡庸にも見える時もある。だから『その時』に相手が示す態度を見ておくんだよ」

「そのとき？」

「バリバリの仕事人間で独身貴族だったのに、突然渡されたお姉さんの子供を自分一人でしっかり育てようと腹をくくった毛利はカッコよかった。でもその事実を知らなければ、付き合いの悪い、愛想のないヤツだと思ったままだっただろう」

なるほど。

「ヒーローだって、戦う相手がいなければただの人だろ？」

と言ってから、薫は真顔になった。

「見ようと思わなければ何も見えない。知ろうと思わなければ何も知ることはできない。よく考えて、よく観察しなさい。そして『どうして』、と考えなさい」

「何のこと……？」

「全てのことだよ。お前だってメンデルは知ってるはずなんだから」

「メンデル？」

メンデルって、遺伝研究の学者のメンデル？

エンドウマメで性質の遺伝を証明したとか。でも何で今遺伝の話？

「俺が孝介の性質を遺伝してるってこと？」

「お前はあんまり毛利には似てないねぇ」

また笑みは戻ったが、説明はなかった。

「さて、これでお話もお説教も終わり。お互い明日があるからね。今度からはちゃんと自分で連絡して、寝ちゃうほど飲まない。いいな？」

「……はい」

薫は立ち上がり、俺の横を抜けて部屋から出ていった。

薫がいなくなると、緊張が解けたのか、またぞろ眠たくなってくる。

そのままベッドに潜り込みたいのを我慢してパジャマに着替え、明日の支度をしてからベッドに入った。

電気を消した暗い部屋。

すぐに眠りに落ちるかと思ったのに、目を閉じてもまだ意識は残っていたので、薫との話を反《はん》芻《すう》してみた。

育児を頑張る姿がカッコいいと思って好きになった、というのは考えなかったな。

何かもっとロマンスがあるのかと思っていた。

人が人を好きになる理由なんて千差万別だろうけど。

俺はどんな理由で、誰を好きになるんだろう。

そう考えた時、大吾さんの顔が浮かんだ。

……認めたくないけど、多分今自分が一番好きな人は大吾さんだと思う。彼が自分をどう思っているか、どう扱うかが一番気になってるから。

「キス……、される夢見ちゃったんだよな……」

嫌じゃなかった。

悪い夢だと思っていない。

自分のイメージが貧困なせいなのか、夢のキスは濃厚なものじゃなかったけど、もしディープキスとかされたら……。

ドキン、と心臓が跳ねる。

彼と、キスする。

あの逞《たくま》しい腕に抱き締められる。ハグではなく、大きな身体にすっぽり包まれるように。

大吾さんが、今までそれ系の話をした時、彼が『そういうこと』をしている姿を想像したことがなかった。

何となく、で済ませていた。

なのに、突然色んな光景が頭に浮かんでくる。

自分と大吾さんが抱き合う姿、そのままディープキスする横顔。

それは考えちゃダメだと思うと、今度はベリンダと大吾さんがベッドの中で抱き合っている姿が浮かぶ。

映画のベッドシーンのように、キスしながら互いの身体に手を伸ばしてる姿。

それも考えたくなくて、必死に別のことを考えようとする。

孝介と薫がキスしてたことも思い出して、俺は目を開けた。

「……ダメだ！」

眠気はまだ頭の片隅に残っていた。

でも、いやらしい想像も、反対側にこびりついている。

それを払拭するために、俺はパソコンを立ち上げ、ネットテレビを流した。テレビはこの部屋にはないので。

やがて眠気が全てに勝るまで、面白くもないお笑い芸人の動画を見続けた。

メンデルのことはすっかり忘れて……。

翌朝、目覚ましの音で起きて台所へ行くと、もうスーツを着た二人はテーブルに着いていた。

「今起こそうと思ってたとこだよ。よく起きたね」

と言ったのは薫だ。

昨夜の気配はなく、もういつもの態度だ。

反対に、孝介の方が昨日のことを口にした。

「随分遅くなったみたいだな」

「ああ、うん。マイクを一人でお風呂入れたりして大変だった」

真実を知ってる薫がいるから、嘘はつけない。事実の話せるところだけしか口に出せない。

「入れられたのか？」

「うん、何とか」

「塩瀬は子供の面倒、ちゃんと見てるのか？」

俺と薫は『大吾さん』と呼ぶけど、孝介は『塩瀬』と名字を呼び捨てにしている。ちなみに、
二人ともおじいちゃんのことは『塩瀬さん』だ。

「仕事を在宅にして、ちゃんと見てるよ。俺が行った時だけ、会社に顔出してるけど。昨日は、
商談だったんだって」

「あの仕事人間が会社に行かないっていうのは凄いよね」

「小さな子供を育てるんだ、当然だろう」

「……孝介って、大吾さんのこと嫌いだよね」

孝介は、ムスッとしたまま「嫌いなわけじゃない」と言った。

「あの男の軽さと強引さが苦手なだけだ。世話にもなってるし、嫌ってるわけじゃない」

「裕太にちょっかい出すのが嫌なんだよね？」

「……それ、本気で警戒してる？　大吾さんの冗談だって思わないの？」

孝介の顔は苦々しいというように曲がった。

「冗談でも許せるものと許せないものがあるだけだ。そんなことより、学業はどうなんだ。バイトで勉強の時間を潰してるんなら……」

「ちゃんとしてるよ。テストは一カ月先だけど、もう準備もしてるし」

「テスト中は休むんだぞ？」

「ハウスキーパーだけの時はそういう約束だったけど、今は赤ちゃんの世話だからわかんない。

大吾さんと相談してみる」

「……赤ん坊のことは仕方がないがプロを雇うように言っておけ」

子供には弱いんだな。

「孝介の方こそ、残業続きだけど大丈夫？　身体気をつけてね」

そう言うと、孝介の表情は途端に柔和になった。

「大丈夫だ。そんなにやわじゃないからな」

「今度、支社長って噂《うわさ》が出てるよ」

「噂だ」

そこから会話は孝介のことに移った。

どうやら、孝介は順調に出世してるらしいけど、それをあまり言って欲しくないらしい。でもそれは同期の薫に対しての気遣いなんだろう。

当の薫は全然気にしてないみたいだけど。

朝食を作ってもらったので、後片付けは自分がすると言って二人を送り出し、ついでに掃除機もかけてから大学へ。

自転車は大吾さんのところに置いてきてしまったので、久々に電車通学だ。

大学へ到着すると、友人達が教室に集まっていた。

「おはよう」

「おそようだろ」

軽く挨拶《あいさつ》を交わして、いつも通りの時間を過ごす。

孝介に言われなくても、勉強をおろそかにはできない。

大学の費用だってタダではない。なのに二人は俺の希望する大学に行かせてくれた。それに応えないと。

大学卒業して、就職して、早く二人に恩返ししてあげたい。

それに、成績が下がったらバイトは辞めろと言われるだろう。

ハウスキーパーのバイトがなくなってしまったら、何の理由をつけてあの家に行ったらいいのかわからない。

俺がバイトを辞めたら、プロの人が雇われるだろう。ハウスキーパーは別としてベビーシッターは必須だ。

そうしたら、俺の居場所はない。

今までは、大吾さんを訪ねる理由なんて必要なかったのに。

彼に……会えなくなったら寂しい。

とても、とても寂しい。

「裕太、去年のレポート手に入ったぜ」

「ホント、ラッキー。コピーさして」

「メールで送るよ」

「頼む」

こうして声をかけてくれる友人がいなくなっても、寂しいとは思うだろう。

でも、彼を失う寂しさとは違う。

大吾さんは特別だ。

……彼の特別になりたかったけれど、もう彼が俺の特別になっているのか。

歳の離れた友人のようだと思っていたけれど、友人以上の存在なのだ。

友人以上の存在といえば……。

答えを出すのが怖くて、俺は考えるのを止めた。

大学では、彼のことは考えないようにしよう。

「裕太、図書室のＤＶＤにホラー映画入ってるの知ってるか？」

「何それ。いいの？」

「この間レポートの参考に覗きに行ったんだ。あそこ、結構色々あるみたいだぜ」

「へぇ」

ここには友人達がいて、他に考えることがいっぱいあるのだから。


何故か、俺の頭に薫の言葉が引っ掛かっていた。

色々話したけど、いつになく真剣な顔で言われたアレだ。

『見ようと思わなければ何も見えない。知ろうと思わなければ何も知ることはできない。よく考えて、よく観察しなさい。そして「どうして」、と考えなさい』

薫が俺に忠告する時はいつもちゃんとした理由がある。

孝介みたいに自分の感情だけでものを言ったりしない。

前のバイトを辞めさせられた時もそうだ。

孝介は『別にバイトなんかしなくていい』の一点張りだったけれど、薫は『夜が遅いと危ないし、お酒が出る店はダメ』と理由も言った。それは近くで大学生が酔っ払いにからまれて怪我をしたニュースを見ていたからの反対だった。

だから今回も、あんな話をした裏に、もう一つの理由があるのではないかと考えたのだ。

今のところ、それが何かはわからないけれど。

とにかく物事を注意深く観察するべきなんだろう。

取り敢えず、マイクを観察してみる。

マイクは、俺に懐き始めていた。

まだ時々母親を求めて泣くことがあり、その時は手が付けられなかった。抱いてあやしても、大暴れだ。

疲れるまで泣かせるわけにはいかないので、お気に入りのぬいぐるみを与えると確率五割で何とかなる。

俺が買ってきた、背中に羽が生えたカエルのぬいぐるみだ。

女友達が持っていたのを触ったら、凄く触感がよかったので教えてもらって買ってきた。

でも半分の割合では、声が嗄《か》れるまで泣き続け、胸が痛んだ。

彼女は、この子のこういう姿を想像しなかったんだろうか。考えると、本当に腹が立つ。

離乳食は好き嫌いがあって、好きなのはクリームシチュー。嫌いなのはニンジンだけど、クリームシチューに入ってるものは食べる。

ハイハイは元々できたけど、ここに来てつたい歩きが上手くなってきた。

これは嬉しいけれどちょっと困る。

目を離すと、ソファなどを伝ってキッチンにまで来てしまうからだ。

もうすぐ一人で立つことも、歩くこともできるようになるだろう。その前に、仮眠室からリビングに出てこられないような柵を用意した方がいいのかもしれない。

俺が帰る時、バイバイをしてくれるようになった。

毎回、俺が帰る時に手を振るのを真似するようになったのだろう。

そしてもう一つ、注意深く観察してわかった嬉しいことがあった。

マイクはよく「ウー」という声を上げたが、それが言葉になったのだ。

「ウータ」

俺の名前だ。

「すごいぞ、もう一回言ってごらん。『ユータ』だ」

「ウータ！」

俺の名前を呼んでパチパチと手を叩く姿を観ると、もう本当に可愛くて、可愛くて。帰ってきた大吾さんにも自慢してしまった。

「マイクが俺のこと呼んだんだよ」

「気のせいだろ」

「違うよ、『ゆ』はまだ言えないけど、『ウータ』って呼んだんだ。ほら、マイク。『ユータ』って言ってごらん」

目の前で呼ばせてみると、大吾さんは不機嫌になった。

「俺のことは呼ばないぞ」

「何て呼ばせたいの？」

「大吾だ」

「『ダイゴ』は難しいよ」

彼が、自分を『パパ』と呼ばせなかったことに、少しほっとする。

大吾さんのことも、今更だけど観察してみた。

今まで、彼が家で仕事をすると言うと、邪魔をしないように離れていた。だから何をしているのか、よくわからなかった。

けれど、マイクから目を離さないようにという理由もあってか、リビングにノートパソコンを持ってきて仕事をすることが多くなったので、その様子がわかった。

「今、何してるの？」

と訊くと、彼はちゃんと答えてくれた。

「イギリスの介護用品を見てる。車椅子用のクッションだ」

「車椅子専用？」

「車椅子を使用する人間は下半身が不随の場合が多い。車椅子に座っても、ケツが痛いから身体をずらす、なんてことも簡単にはできない。だから体圧を分散して、尻が疲れないものが必要なんだ」

なるほど。

「身体が不自由な人間には、道具で自由を与えてやらないとな」

大吾さんは、いつも金儲けのために仕事をしていると嘯《うなず》いていた。これからは高齢化社会だから、介護用品は儲かるのだ、と。

でも取り扱う商品を吟味《ぎんみ》している彼の横顔は真剣だし、儲けよりも機能を優先させている。使う人のことを考えて。

会社と連絡してる時も、真剣な顔だった。

仕事に行くぞとスーツを羽織る姿を、カッコいいと思ったけど、仕事の最中はずっとカッコいいのかも。

元々、彼を濃いめのイケメンだと思っていた。

それは容姿のことを言ったのだが、働いている姿勢もカッコよかった。

考えてみると、大吾さんって完璧なんだよな。

アメリカで育ったから、もちろん英語はペラペラだし、面倒だからやらないだけで料理もするし、これが結構上手い。

最近は作ってくれないけど、子供の頃はパンケーキなんかも焼いてもらった。

運動神経もいいみたいだし、身体は年齢を感じさせないくらい逞しい。身体の緩んだジジイになりたくないからと言って、ジムに通ってるお陰だろう。

俺なんか、彼に比べると貧弱で恥ずかしくなるくらいだ。

孝介は筋肉質なのに、俺はあんまり筋肉が目に見えてつかないんだよな。チャリ通してるから、体力はあるんだけど。

たまに、俺がリビングでマイクと遊んでいる時、キッチンのカウンターでタバコを手に俯いてパソコンのモニターを見ている姿は、まるで映画のワンシーンみたいにカッコいい。

喫煙は歓迎できないけど、換気扇を回してたからまあ見逃そう。

夕食の洗い物を終えて、明日の朝の支度も終えた後の静かな時間。

今夜はマイクもご機嫌で、大吾さんが買ってきた口に入れても大丈夫な積み木で遊んでいる。

「コーヒー、飲む？」

と声をかけると、ふっと顔を上げて微笑むその唇に目がいってしまい、慌てて目を逸らす。

「ああ、頼む」

まだキスの夢が記憶にあるせいだ。

意識し過ぎだろう、俺。

自分の分は作らず、彼の分だけを差し出す。

カップを渡す時の長い指先が、ちょっとセクシーだと思ってしまう。

俺は、リビングにいるマイクが視界に入るよう、身体をそちらに向けて彼の隣に座った。

「ここんとこ、よくパソコン睨んでるけど、忙しい？」

ここ二、三日、俺が来ると入れ違いに出ていってしまうので、訊いてみる。

「アメリカの担当者が辞めたんで、少しな。他にも調べ物や、やらなきゃならないこともある。弁護士と相談も、面倒だが、俺も少し真面目にならないとお前に怒られる」

疲れた顔もセクシーだ。

大吾さんは、濃いめのイケメンっていうよりセクシーな男の方がぴったりかも。

これは、よく観察したからわかったこと？

薫はこんなことに気づけって言ったわけじゃないだろうけど。

「裕太は真面目な方が好きなんだろう？」

コーヒーを渡したのに、大吾さんはまた新しいタバコに火を点けた。

煙が換気扇の方に流れてゆく。

「前に怒ったのは、不謹慎って言ったの。誠実であれば、真面目かどうかはどっちでも。それに大吾さんが真面目じゃないことは知ってるよ」

「失礼だな。俺は真面目なところもあるぞ」

「まあ『ところも』なら認めてあげよう」

ふいに、大きな手が伸びて、俺の頬に触れる。

少しカサついた手の感触に、ビクッと肩を震わせると、彼は笑って手を引っ込めた。

「もっとクソ生意気なガキに育つかと思ってたんだがな」

何だかちょっと嬉しそうに見える笑み。

「俺？」

でも俺は、彼の手に『感じて』しまったことを恥じて、ぐずりだしたマイクを抱き上げに、彼から離れた。

その背中に、彼の言葉は続く。

「小さい頃はどんなに可愛くても、思春期過ぎたら遊び歩いたり、根岸達に反抗したり、口汚くなって家に寄りつかなくなって……」

「大吾さんはそうだったの？　俺はそんなふうにならないよ」

「ああ。ならなかった。元気で、素直で、優しく育った」

褒められて、ちょっと照れる。

「褒め過ぎだ」

「謙遜《けんそん》も知ってる。あいつ等が大切に育てたからだろうが、大切に育て過ぎて成長が遅いのが玉《たま》に瑕《きず》だな」

「それ、俺が子供っぽいって言ってる?」

「言ってる」

俺はマイクを抱いたまま、カウンターに座る大吾さんの脚を蹴った。

「上げてから落とすな」

「痛いな。上げたわけでも落としたわけでもない。どっちも事実だ」

タバコの匂いに気づいてマイクがくずりだしたので、少し離れる。

「タバコ消しなよ」

「唯一の憩《いこ》いだ」

「身体に悪いじゃん」

「心にはいいんだ」

「俺、そろそろ帰るんだから、タバコ臭い手でこの子抱けないでしょ」

「寝かしつけてってくれよ」

「まだ眠そうじゃないもの。ダメだよ」

「……仕方ないな。寝てからやるか」

彼は諦めたようにノーパソの蓋を閉じ、立ち上がった。

ハンドソープで手を洗い、消臭のスプレーを身体に吹きかけたのを確認してから、マイクを彼に渡す。

「じゃね、マイク。バイバイ」

身体を離してから手を振ると、マイクも手を振った。

「お別れのキスは？」

と催促されて、マイクの額《ひたい》にキスを贈る。

「俺にだ」

「ばーか」

俺は舌を出すとカバンを持って、玄関に向かった。

「ウータ……」

と俺を呼ぶ声がする。

「送らなくていいよ、玄関先でぐずるから」

マイクの声に後ろ髪引かれて家を出ると、いつもタクシーなんかが並んでる場所に、一台だけ毛色の違う車があった。

ワインレッドの外車だ。

ここは行き止まりなので、駐車場代わりに路上駐車する車は多いが、ああいう高級車はちゃんとした駐車場に停められてるはずなのに、珍しい。

ここの住人を訪ねてきた人かな、と思った時、突然その車にライトが点いて俺を照らした。

「眩しい」

発車するのだろうかと壁際に身を寄せたが、ライトはすぐに消え、車も動かなかった。

「……何だよ」

乗ってる人が操作ミスでもしたんだろうか。

せっかく今日は穏やかな夜でいい気分だったのに、ちょっとムッとしながらチャリに跨がった。

だが、ペダルを踏んで夜風を頬に感じる頃には、もうそんなことは忘れていた。

マイクのことでバタバタしてたけど、そろそろおじいちゃんのところに行かなきゃ、と考えながら。


その車は、翌日も同じところに停まっていた。

今度は、昼間。

中に人が乗っているのかどうかはわからなかったけれど。

その翌日は夜だ。

ここを駐車場所に決めたのかな。

あんな高級車を路上駐車してて、傷つけられたり盗まれたりが心配じゃないんだろうか。

このマンションの誰かのところに通ってるんだろうか？

前から停まってたっけ？

連日見かけると、ついつい気になってしまう。

でも、俺には関係のないことだと思っていた。

ここの住人とは交流がないし、あんな車に乗ってる人間に知り合いはいないから。

ここにはいつも色んな車が停められる。そのうちの一台に過ぎない。

だからまたその翌日、大学を終えて大吾さんの家へ来た時、あの車が停まっているのを見たけれど、もう気にはしていなかった。

いつものように門の暗証のロックを開け、チャリと一緒に中へ入ろうとする。

その時、車のドアが開く音が聞こえた。

何げなく振り向くと、例のワインレッドの車から、一人の男が降りてきたところだった。

長めの茶髪、高級そうなスーツとピカピカの靴。袖口からゴツい時計も見える。

顔がいいだけに、ちょっと水商売っぽい感じのする若い男だ。

男はにこにこと笑いながら俺に近づいてきた。

「こんにちは」

「……こんにちは」

挨拶されたので、取り敢えずこちらも挨拶を返す。

誰なんだろう。

「君、塩瀬さんの会社の子？」

塩瀬、という名前が出るということは、大吾さんの知り合いか。

「いいえ」

「じゃ、親戚の子かな？」

「……いいえ」

声をかけながら、どんどん近づいてくる。

「あの、どなたでしょうか。大吾……、塩瀬さんに御用ですか？」

「素人っぽいけど、同業者かな？」

「同業者？」

「あ、俺はね、『クラーテル』ってクラブの銀河《ぎんが》っていうんだ」

「銀河……」

それが名前？　クラブって言ったから源氏名《げんじな》か？

「君さぁ、見たところ店に所属してないみたいだけど、フリー？」

「……何のことです？」

銀河と名乗った男は自転車と共に、俺を門の中へ押し込んだ。

「あ、ちょっと！」

敷地内に入られて思わず声を上げたが、中に入った途端にこやかだった銀河の顔が豹変《ひょうへん》した。

「困るんだよね。素人が独占したがるのはわかるけど、塩瀬さんはウチの太客なんだ。くだらないワガママ言わないでくれる？」

「何のことです。出てってください」

「君にそんなこと言う権利あるの？　ここ、塩瀬さんの家だろう？　それとも、もう自分の家みたいに思ってるわけ？」

自転車が倒れないようにハンドルを握ったままだったので両手が使えず、彼に押されるままにどんどんと奥へ入ってしまう。

ついには玄関の扉に押し付けられた。

「君がさ、あの人と何しててもいいんだよ。こっちは仕事だから。でも邪魔をされるのは困るの、わかる？」

この態度なら、敬意を示す必要はないと判断し、俺も反撃に出た。

「何のこと言ってるか全然わかんないんですけど？　仕事なら、塩瀬さんに直接言ってください。俺には関係ないですよ」

二人の間には、自転車があった。

それが障壁になると思ったのだが、彼が膝で自転車を押し付けてきたので、身動きが取れなくなる。

それだけでなく、彼は俺の顔の横に手をついた。所謂《いわゆる》壁ドンだ。

「わかんないならハッキリ言ってやるよ。塩瀬さんはウチの店の上客だった。俺の客だ。それが突然もう来ないと言いだした。本気で相手にしたい相手ができたから、ウチでは遊ばないと。俺はあの人のお陰でナンバーワンを張ってられた。だから切れると困るんだよ」

店？　客？　ナンバーワン？

「恋愛なんてどうでもいい。お互い割り切って付き合ってたんだから。だが商売は別だ。お前が素人《しろうと》で、塩瀬さんと恋人気取りになっててもかまわないが、ホストクラブに通うくらいは多めに見ろって言ってるんだ」

ホストクラブ？

大吾さんの……、遊びの相手か。

それとわかると、頭にカッと血が上った。

何で俺がそんなヤツに詰め寄られなければならないんだ。

「そんなこと、俺には関係ない！」

「関係あるんだよ！」

彼は自転車を摑んで投げ捨てた。

ガシャン、と大きな音がして自転車が倒れる。

「関係ないなんて言わせない。ここ数日塩瀬さんを見てたんだ、出入りしてるのはお前だけだった。こっちはお前みたいに恋愛ごっこで浮かれてらんないんだ。生活かかってんだよ」

「あんたの生活なんか知るもんか。大吾さんが遊びをやめようとどうしようと、それはあの人の勝手だろ。こんなとこまで押しかけてきて、頭おかしいんじゃないの？」

「大吾さん、大吾さんねぇ」

彼はにやりと笑った。

「あの遊び人を籠絡《ろうらく》したんだ、どうせお前だってさんざん遊んできたんだろ？　だったら一緒に遊びに来ればいいじゃないか。たっぷりサービスしてやるよ」

男の顔が近づいてくる。

「よく見ると可愛い顔してるじゃん。俺、優しいよ？」

何をされるか察して、咄嗟にその胸を押し戻す。

だが相手はその手を摑んで捩った。

「痛っ」

「お前も遊んだら、塩瀬さんが遊ぶのを咎められないだろ？」

強い香水の匂い。

「止めろ！」

一方的にやられるほどヤワじゃないから、その脚を蹴り飛ばす。

「ツッ……！　てめぇ！」

「離せって言ってるだろ！」

「ふざけんなよ！」

「こっちのセリフだ！」

攻防が続き、揉み合う身体が何度か玄関の扉に打ち付けられた。

頭もぶつけた。

押されて、倒れた自転車に脚を取られてよろめく。

「ウブぶってんじゃねえよ、毎日ヤッてんだろ」

その隙を狙《ねら》われて、首筋を噛まれた。

いや、噛まれたんじゃない、吸い上げられたのだ。

「キスマークつけて、塩瀬さんにどう言い訳する？」

もう一度相手が首筋に顔を埋めた時、玄関のドアが開いた。

視界の端、男の頭の向こうに大吾さんの顔。

「何をしている！」

大吾さんと目が合った次の瞬間、彼の顔が初めて見る恐ろしいほどの形相《ぎょうそう》になった。

「塩瀬さん、どうしてこの時間に家に……」

銀河が声に顔を上げる。

慌てて俺から離れようとしたが、それより先に大吾さんが彼を殴り飛ばした。

「大吾さん……！」

玄関ポーチを仰向けに滑ってゆく彼の唇の端に、赤いものが見えた。

「何故お前がここにいる」

まだ立ち上がれない銀河の胸倉を掴んで引き立たせる。

「あの……、またお店に来て欲しいって……。そしたらその子が声かけてきて……」

しどろもどろに言い訳をするが、大吾さんの怒りは収まらなかった。

「もう一度殴られたくなかったら、今すぐ出ていけ。二度とその顔を見せるな」

「塩瀬さん…！」

「グズグスするな。お前を辞めさせることも、店を潰すこともできるんだぞ」

銀河はビクッと身体を震わせた。

大吾さんが突き飛ばすように彼を離す。

「出ていけ」

低い声。

俺でさえ、ゾクリとするほど冷たい声。

銀河の顔は蒼ざめ、ふらふらと後退《あとずさ》りしながら、まだ開いたままだった門から出ていく。

大吾さんは微動だにせず、その姿を見ていた。

表情のない鋭い目は半眼で、睨むというより見下げている、蔑《さげす》んでいるという印象を与える。

実際そうなのかもしれない。

車の扉が開く音が聞こえる。

大吾さんが動きだし、門を閉める。

エンジンの音が聞こえ、すぐに遠ざかっていった。

「裕太」

振り向いた大吾さんの顔は、いつもの顔だ。

「大丈夫か？」

心配そうに俺を見る目も、俺の知ってる大吾さんだ。

その顔に気が緩んだと同時に、固まっていた感情が動きだす。

「俺……、声なんかかけてない」

「わかってる」

「あいつが勝手に近づいてきて、無理やり一緒に入ってきたんだ」

「わかってる」

倒れていた自転車を起こして停めてから、彼は俺を抱き起こそうと手を伸ばした。

「触るなよ！」

でも俺はその手を払いのけた。

「裕太？」

だってそうだろう。

あいつの投げ付けた言葉の意味を理解したら、言いようのない怒りと悲しみが湧き上がってきたのだ。

「何が銀河だよ、おかしいんじゃないの？」

大吾さんがホストクラブの上客だと言った。自分の客だと言った。俺に遊ぼうと言ってキスしようとした。

ということは、あいつは大吾さんと『そういうこと』をしていたのだ。

「大吾さんが店に来なくなったら、俺が邪魔してるんだろうって」

そんなの、マイクが来たからに決まってるじゃないか。

「俺があんたと遊んでるだろうって」

ここにはバイトに来てるだけだ。

俺と大吾さんの関係は、あいつが思ってるようなものじゃない。

だから悔しかった。

まだせめて、あいつが思っている通りなら、こういうことをされる理由があるのかもしれないが、これっぽっちも理由がないのに、こんな目に遭うなんて。

「大吾さんがふらふらして、あんなヤツを相手にしてるから、俺まで変なふうに見られたんだ。俺が……、大吾さんと遊んでるって！」

「裕太、取り敢えず中に入ろう」

一度拒んだ手が俺の腕を掴み、暗証キーで解錠した玄関のドアの中へ押し込む。

狡《ずる》い。

家の中に入ったら、マイクがいるから文句を言うことができないじゃないか。

「上へ行こう」

「上？　マイクは」

「さっき寝たばかりだ。それで静かにしてたから、外で自転車が倒れる音が聞こえたんだ。てっきりお前がコケたのかと……」

言ってから、彼は小さく舌打ちした。

「上行くぞ」

腕は取られたままだったので、強引に階段を上らされる。

二階には彼の寝室と書斎、客間がある。

大吾さんは俺を、寝室へと連れて行った。

書斎は仕事の書類などがあるから入らないが、ここへは掃除に入るので見知った場所だ。ここのところ一階の仮眠室で寝起きしているせいで、何日も前に俺がベッドメイクしたままだった。

ただベッドカバーの上に、座り皺がついていたのと、部屋に微かに残るタバコの匂いが、彼がここを喫煙室にしていることを教えた。

枕元のサイドテーブルには、吸い殻の入った灰皿が……。

「何それ……」

スーッと血の気が引く思いだった。

いや、実際に頭から血が引いて、身体が冷たくなって目眩《めまい》がする。

吸い殻が二本入った黒いガラスの灰皿の隣、何枚かの書類やら茶封筒が積まれている一番上には、どこかで見たことがあるような一枚の紙。

近づかなくても、ここからでもプリントされてる文字が見えた。

紙の左上に記された、『婚姻届』の文字が。

「……結婚、するんだ」

ぐるぐる、ぐるぐる。

ジェットコースターに何回も乗らされたように、目眩がして気持ちが悪い。

床が揺れる。

「そいつは違う」

結婚する。

他の人のものになってしまう。

もう俺は大吾さんの『特別』にはなれない。

「違う？　じゃなんで婚姻届がここにあるの？　取りに行かなきゃ手に入らないものが。結婚する相手なんて、ベリンダさんしかいないよね？　ベリンダさんじゃなかったとしても、女の人としか結婚はできないよね？　結婚したいほど愛した人がいるのに、男の人と遊んでたの？」

「それは……。お前にはまだわからないだろうが、大人の男ってのは……」

「性欲の処理？　誰も愛していないなら、それもいいよ。でも、俺のことを好きだと言ったり、結婚しようと言ったり、女の人と子供を作って結婚しようっていうのに男の人と遊ぶのは、最低だ！」

目眩がする中、頭は沸騰していた。

安全弁が外れたように、さまざまな感情と考えが溢《あふ》れ出して止まらない。

「不潔だ」

ベリンダと結婚するというのに遊びもしてた。遊んでいたのに俺を好きと言った。彼の全てが嘘になってゆく。

今までの全てが嘘になってゆく。

俺が信じた、大好きだった大吾さんが、嘘になってゆく。

「バイト、辞める」

悲しい。

そして悔しい。

「裕太？」

「バイトは辞める。もう二度とここには来ない」

大吾さんが俺の手を取る。

また払いのけようとしたが、今度はできなかった。

強い力で、しっかりと手首を捕らえられる。

「二度と来ないなんて言うな」

「俺がここに来る必要はないでしょ。結婚するなら、彼女がここに来るだろうし」

俺の居場所はないじゃないか。

「俺はお前が好きなんだ」

「もうそういうの、いいよ！」

「婚姻届は俺が取ってきたんじゃない。弁護士が勝手に同封してきただけだ。俺はベリンダとは結婚しない。俺はお前が好きなんだ」

「遊び歩いてる人が？　ああ、そういえばあのチャライ男が言ってたっけ、本気の相手ができたからもう店に行かないって言ったんでしょ？　それ、ベリンダさんのことでしょ？」

「違う」

「じゃ、誰のことさ」

「お前だ」

「だから、もういいって！　俺はずっと側にいたよ。でも大吾さんは遊んでたじゃないか！」

腕をぶんぶんと振って彼の手を振りほどこうとしたが、反対に引き寄せられる。

広い胸元に抱き寄せられても、嬉しくも何ともない。ここは俺の場所じゃないのだから。

「毛利や根岸と約束したからだ。お前が未成年の間は手を出さないと。だから他でするしかなかった。それはちゃんとお前にも言っただろう。あの時は許したじゃないか」

「あの時は……」

まだこんなふうに大吾さんを求めていなかった。

見たこともないお相手のことなど、想像もしなかった。

でも今はこの胸に抱かれた者の顔が浮かぶ。

ベリンダや、銀河なんてチャライ名前の男が。彼女達のことを考えると胸が灼《や》けるんだ。

「あの時は大吾さんが独り身だったからだ。今は結婚する相手がいるのに不誠実だから怒ってるんだ」

「結婚はしないと言っただろう。お前に本気だから、我慢をしていただけだ」

「俺が未成年だから？」

「ああ」

「俺はもう二十歳過ぎたよ？　本気で俺を好きなら、俺を抱けばよかったんだ、しなかったクセに言うなよ」

摑まれていた腕をグッと捻られ、顔が近づく。

目の前に来た彼の顔は、怒っているように見えた。

「大人を煽るな」

一段低くなった声。

でも怯《ひる》まない。

相手の態度が気になるのは、相手にどう思われるかが気になるからだ。自分のものにならないのなら、もうどう思われてもいい。

むしろ嫌われた方が楽だ。

「煽ってなんかいない。思ったことを言ってるだけだ。俺が言ってることはちゃんと筋が通ってる。子供まで作って、結婚を考えてる女性がいるのに、他の人を相手にするのはおかしい。俺が好きだと言いながら、他の女性に子供を生ませたり遊び歩くのもおかしい。二十歳になった俺の前で、未成年には手が出せないから遊んだと言い訳するのもおかしい。大吾さんには、『真実』が一つもない！」

俺は間違ってない。

ちゃんと、あなたの真実を見抜いた。

だからもう側にいたくないんだ。

「そんなに言うなら、今ここで抱いてやろう」

「嫌だ！」

「今自分を抱けと言っただろう怖気《おじけ》づいたか？」

「俺は自分のことを好きな人としかそういうことはしない！　二股かけたり、結婚してたり、遊び歩く人とはしない！」

「お前一人ならいいのか？　お前だけを愛したら、俺に抱かれるか？　やけっぱちで言うんじゃなく、それこそお前の『本気』で」

「俺は……」

抱かれてもいい。

頭の中にパッと浮かんだ言葉が声に出せない。

それを言ったら、自分が大吾さんを欲しがっているのを認めることになる。もう他人のものなのに、手が届かないのに、『欲しい』と言いたくない。

「本気じゃない人には何も言わない」

答えをごまかして、ふいっと顔を背ける。

「……これは何だ？　怪我したのか？」

横を向いた俺に、少し熱の戻った声。

「怪我なんかしてない。すぐそうやって話をごまかす」

自分が今返事をごまかしたのに、彼を責めてしまう。

「首のところ、赤くなってるぞ。痛まないのか？」

「首？」

言われて思い出した。

「あいつに噛まれただけだ」

「あいつ？」

「あのホストだよ。キスしようとしたから逃げたら噛まれた。キスマークじゃない、噛まれた痕だ。あんな男にキスマークなんか……、痛ッ！」

顔を背けたまま説明してる俺の首に痛みが走る。

あの男に吸われたのと同じ場所が。

顔を戻そうとしたが、そこにまだ大吾さんの頭があるから戻せない。もう痛みはなかったが、首に感じる濡れた感触で舐《な》められてるのがわかった。

「や……っ！」

ようやく彼の顔が離れる。

吸われたところがジンジンした。それ以上に舐められた柔らかい感触が残る。

「俺がしてないのに、他の男に痕を付けさせるな」

ああ、また低い声。

やはり自分は彼の全てを知っていたわけではないのだと思い知らされる。

その声で、大吾さんはもう一度訊いた。

「勢いや、言葉だけでなく、答えろ。俺が本気でお前を好きなら、お前一人だけを愛してると言ったら、抱いてもいいのか？」

耳の奥にまで響く声に背筋がゾクゾクする。

「俺の唯一の『特別』にしてやると言ったら、お前が手に入るのか？」

特別。

その言葉が胸を締め付ける。

……俺だけを好きで、……俺以外抱かないで、俺だけの『特別』なら……。

自分は『それ』になりたい。

「そ……、それが本当で、それを俺に信じさせてくれるんならね。そういう人なら、俺は恋人になっただろうね」

でもなれないとわかっているから強がった。

「もう放して。帰る」

「いいや、帰さない。手が届くものに手を伸ばさないほど行儀のいい男じゃないんだ。今までずっと待って、望んだものが手に入るなら、他の全ての約束を破棄してでも摑んでみせる」

手を摑まれたまま重く身体がのしかかってくるから、ベッドに倒れ込む。

だが、俺がベッドに横たわると、彼は手も身体も離し、枕元の婚姻届を俺に差し出した。婚姻届と共に積まれていた書類と共に。

「全部話してやる」

そして、ずっと俺が知りたかったことの全てを教えてくれた……。

ベリンダ・カーライルは、大吾さんの会社のアメリカ支社の社員だった。

大吾さんがいちいちアメリカへ行かなくても済むように、現地で買い付けをしたり日本製品を売り込んだりする営業の担当だった。

面接と、数度の渡米の時には親しくしたが、付き合いの殆どは電話回線上だ。

彼女は聡明で、仕事のできる女性だったが、入社した時には既に恋人がいて、暫くするとその相手であるピーター・カーライルと結婚した。

もちろん、大吾さんはそれを祝福した。

だが……。

大吾さんの会社で有能さを発揮し、お金を稼ぐ彼女に対して、相手の男は結婚後すぐに勤め先からリストラされてしまった。

金が稼げなくなり、プライドも傷ついた男は酒に溺《おぼ》れ、豹変した。

ドメスティック・バイオレンス。

ベリンダに暴力をふるうようになったのだ。

それでも、ベリンダは夫が新しい仕事を見つければ立ち直ると信じていた。

酒を飲まなければ優しい時もあったから。

そして、マイケルが生まれた。

ベリンダは、子供が生まれたことでよい方向に進むと考えていたが、実際は反対だった。

子供に使う金があったら自分に寄越せ。子供が生まれたんだから家にいろ、うるさいから泣かせるな。

支離滅裂な要求を突き付けられ、時にはまだ生まれたばかりのマイケルに暴力を向けようとした。

彼女が身を挺《てい》してかばったが。

彼女は離婚を決意し、大吾さんに相談した。

大吾さんは友人の弁護士を紹介してやり、離婚しても彼女を雇い続ける、ベビーシッターも会社の福利厚生で援助すると申し出た。

だが、ピーターは離婚してくれなかった。

結婚している限り、彼女から金が取れると考えていたからだ。

どうしても離婚して欲しいなら、慰謝料を出せと言ってきた。

精神的に疲労したベリンダは、倒れて病院に運ばれ……、癌《がん》であることがわかった。

「アメリカの保険制度は日本ほど充足していない。治療費がかかるので、ちょっと具合が悪いぐらいじゃ病院へは行かないんだ」

そういう話は、俺も聞いたことがあった。

たとえ医療費が高額でも、マイケルのために治療をする、と決意した彼女だったが、その間も離婚の裁判は続いた。

「その時に言ったんだ。何かあったら俺が子供の面倒を見てやるから、離婚も治療もキッチリカタをつけろ、と」

「結果は……?」

ベッドの上に座って、静かに話し続ける大吾さんの声に耳を傾けていたが、悪い予感がして問いかける。

彼は答える前に、俺に渡した書類の束の中から英字がタイプされたものを取り出し、差し出した。

「彼女がここへ来た時、結果が出たと言っていたのを覚えているか?」

「……うん」

「夫の暴力が原因ということで、離婚は認められた。だが彼女の身体の方はもうダメだった。末期癌で、治療はできない状態だそうだ。これは離婚手続き終了を知らせるアメリカの弁護士からの手紙だ」

示された紙に目を落とす。

そこにはベリンダとピーターという名前が読み取れた。

法律的な英単語も多かったが、『They divorced』、『彼等は離婚した』という一文が見てとれる。

「アメリカに置いておくと、ピーターがマイクに危害を加えるかもしれないから、万が一の時は俺が預かって育てることになっていた。その万が一という結果が出たので、彼女はあの子を連れてきたんだ」

「あなたの子よって……」

「俺が引き取って子供にしてくれって意味だ。血が繋がってるという意味じゃない。ベリンダがすぐにいなくなったのは、本国で自分の財産をマイクに譲るとかの色々な手続きのためと、緩和ケア、つまり死ぬまでの治療で入院をするためだ。彼女はもう、日本に来ることはないだろう」

とても健康そうだった。

病人になど見えなかった。

でもそれも本当のことだろう。

保険手続きのコピーらしき書類もあったから。

「どうして、すぐに説明してくれなかったの？　俺、何度も訊いたじゃない。マイクは誰の子なのかって」

責めるように問いかけると、彼は一旦立ち上がった。サイドテーブルにあったタバコとライターを手にし、一本咥えると吸いながら戻ってきた。

咎める理由のマイクはいないし、彼の心情を考えると何も言えないで、その横顔を見つめる。

「一つには、彼女との約束があったからだ。自分が死ぬことを、他人に言わないで欲しい、特にマイクの周囲の人間には」

「どうして？」

「金銭的に、遺産が入る子供と知られて利用されることを恐れたのと、親のいない哀れな子供という印象がつくことを嫌がったからだ、と彼女は言っていた」

何でも話すけれど、先約がある時はそちらを優先させる。以前彼はそう言っていた。

「だが、お前に言わなかったのには、もう一つ理由がある」

「何？」

フーッ、と煙が勢いよく吐き出される。

「お前の状況に似てたからだ」

そしてもう一度タバコを吸い、今度はゆっくりと煙を吐き出す。

「父親が母親を虐待し、両親共に失う。よく似た状況。ピーターはまだ生きてるがな。裕太は両親の死の経緯《いきさつ》を知ってから、それについて触れることがなかった。事実を知らされた時にわずかに愚痴ったくらいだ。だから、思い出したくないんだろうと思って、言えなかった」

俺のために……。

「婚姻届は日本の弁護士が用意したものだ。俺じゃない。海外の子供との養子縁組は色々と面倒だから、独身ならば結婚してしまうのが一番手っ取り早いと言われた。すぐに独身に戻るんだから、それもいいかと考えなかったわけじゃないが、誓うよ、絶対に結婚はしない」

「マイクを引き取るの……？」

「少し手間はかかるがな」

この間、忙しそうにしていた時、アメリカの担当が辞めてしまったからだと言っていたのは、ベリンダのことだったのだろう。

あの時、弁護士と会うという話もしていた。

大吾さんは……、嘘はつかなかった。

言えないことを言わなかったけれど、言えることはちゃんと話してくれていた。

「銀河と寝たか、という話についてはご想像通りだ。だが恋愛感情はこれっぽっちもない。商売に徹するタイプだったんで、後腐れがないだろうと思ってたが、商売っけがあり過ぎてあんな行動に出たんだろう」

遊んでいたことも、正直に言ってくれていた。

「……本気の相手って？」

「お前だ」

「どうして今更」

彼はタバコを消し、身体ごとこちらに向いた。

仕事に出る前だから、ノーネクタイのワイシャツ姿で。

「お前が、育つのを待っていた」

襟元《えりもと》の、一番上のボタンが一つ、外れている。

「二十歳を過ぎようと、俺が他のやつを相手にしてると言っても、やきもち一つ妬《や》かないようじゃ相手にはできない。抱くなら、ちゃんと恋愛感情が生まれてからでないと」

今日の、大吾さんは表情も態度もくるくる変わる。

さっきまで穏やかに説明をしていた。その前には怒ったように冷たい表情だった。

今は……。

「それはあいつ等、毛利達との約束でもある。お前自身がその気にならない限り手出しはしない、という」

色っぽい。

「ベリンダに、妬いただろう？　マイクにじゃなく。マイクに妬くんじゃダメだ、子供になりたいってことだから。だがベリンダに妬くのなら、伴侶になりたいってことだ。もっとも、妬くというより羨ましいと思ったみたいだが、それでも前より進んだ」

ちょっと待って。それって……。

「愛されたいまでには至らなかったが、特別になりたいと思うようになった。だからそろそろ恋愛の準備に入って身綺麗にしたんだ。不謹慎と怒られたからな」

「俺、そんなこと一言も言ってない」

「酔っ払った時に口にしたのさ、覚えてないだろうが」

やっぱり。

酔って寝ていた時、誰かと会話してたような気がした。あれは気のせいじゃなくて、本当に彼と会話してたのか。

ということは、あのキスは……。

タバコの匂いと唇の感触が蘇《よみがえ》る。

「長かった。優しくて、素直で、心正しく育ってゆく小さなお前を好きだった。自分の側に、こんな純粋な者がいたらいいのにと思った、もちろん、最初は子供としての裕太を好きになったんだが、いつしか恋愛ができるんじゃないか、と考えるようになった。そうと察した毛利が、クギを刺したりしてきたが、本気で言ってるわけじゃないと笑ったくらいだ」

手が、俺の手に重なる。

握るのでも摑むのでなく、ただ重ねられるだけだが、体温は伝わる。

「気持ちが恋愛の方に傾いても、何度もダメだろうと思った。お前はずっと子供だったし、いつかは俺が好きな純粋な部分にも手垢《てあか》がつくだろうと思っていたから。それでも、諦めきれずにずっと待っていた。お前が俺に恋をして、この手を止める理由がなくなる日を。愛の言葉もセックスも、正面から受け止めて俺を求めてくれる日を」

『もう少し』、と言った。

あの夢の中の声は。

成長が遅い、とも言われた。

あれは肉体の成長ではなく、心の成長ってことだったのか。

「本気で、愛してる。もう子供扱いはしない。お前が嫌がるなら、遊びもやめる。お前は俺の『特別』だ。信じるか？」

真っすぐに俺に向けられる目。

優しい目だ。俺が知っている、『塩瀬大吾』の目だ。

この目で、ずっと俺を見ていたのか。

彼が今まで俺に見せてくれていた姿は嘘ではなかった。

今も、全てを話してくれている。

何があったのか、何を考えていたのか、どうしてこうなったのか。

それなら、俺も、心に浮かんだ言葉をそのまま伝えなければ。

「……信じる」

重ねた手を抜いて、自分から彼の手を握る。

「他の人を抱くなら、俺にして欲しい。もう二度と、他の人と遊ばないで」

ずっとそうして欲しいと思っていたわけじゃないけれど、今、強くそう思ってる。ここで曖昧にして、彼が他の人に目を向けると想像しただけで、答えは一択だ。

俺の言葉を聞いて、満足そうな笑みを浮かべる。

指が絡まり握り返される。

気持ちが通じ合ったんだなぁと思った時、彼は一言宣言した。

「抱くぞ」

優しさも思いやりも感じない、強引な一言を。


「何ですぐそうなるの！」

異を唱える俺に、彼は真顔で続けた。

「十年以上我慢したんだ、ＯＫもらったのに我慢する意味がわからん」

「子供の頃はそんな気はなかったって言ったじゃん」

「それでも五年以上は我慢してる。抱いていいんだろう？」

「それはそう言ったけど……、マイクがいるじゃん」

「今なら昼寝中だ。扉を開けておけば、起きて泣いてもすぐわかる」

「ドア、開けとくの？」

言ってる間にも、手を離し、彼が寝室のドアを開けに行く。

「階段はまだ上ってこれないから、覗かれる心配はない。見られたところで理解できる歳じゃない。俺に抱かれるのが嫌だ、以外の理由じゃ止められないぞ」

「う……」

正面に立った大吾さんが、肩を摑みながら、右の膝だけをベッドに乗せる。

「まずはファーストキスからもらおうか」

「ファーストキスなんか、もう終わってるよ」

「何？　誰とだ」

「人が酔って寝てる時に、勝手にした男がいたからね」

一瞬怒りを宿した表情が、すぐにやられたという顔になる。

「起きてたのか」

「夢だと思ってたけど」

「まあいい。最初の相手が俺なら、これが二度目でも」

のしかかるように、顔が近づく。

思わず目を閉じたが、逃げることはしなかった。

キスされることは嫌じゃなかった。

もっと深いキスをされるかも、と予想はしていた。

予感的中だ。

重なった唇は、軽くぶつかった後、俺の下唇を食《は》むように咥え、まるで噛み付くように唇を開いて合わさってきた。

開いた唇の間から伸びた舌が、中へ侵入してくる。

タバコの匂いがした。

うちは孝介も薫も吸わないから、この匂いは大吾さんの匂いだ、と思う。

タバコの匂いは好きじゃないけど、彼から漂うのは別物だ。

くちゅっと、舌が鳴る。

動かない俺の舌に、彼の舌が絡んでくる。

つられるように、自分も動かしているのか、それとも弄ばれているだけなのか。俺の口の中で二つの舌が蠢《うごめ》いている。

まるで生き物みたいに。

ベッドに座る俺を覗き込むような格好のまま、長いキスは続けられ、少し息苦しくなった頃ようやく離れてくれた。

口が解放され、長いため息が漏れる。

大吾さんは平然とした顔をしてるから、キスしながら上手く呼吸をする方法を知ってるのだろう。こっちは緊張で何もできなかったのに。

「愛してる、と言え」

肩が押されて、仰向けにベッドに押し倒される。

身体を横たえると、いよいよだと思ってドキドキする。

「俺を愛してると言え」

「……好きだよ」

「愛してる、だ」

上から見下ろす彼の顔は、まるで大型犬がご褒美を待ってるようだ。

「好きなら山ほど聞いた。俺にも特別な言葉をくれ」

俺は『特別』って欲しい言葉をもらったんだから、俺もあげるべきだよな。

「……愛してる」

言うだけで、顔が熱くなる。

言葉にすると、そうだったのかという気になる。

「大吾さんを、愛してる」

ニッ、と嬉しそうな顔。

「それじゃ、遠慮なく」

失念していた。この大型犬のご褒美は言葉じゃなくて、俺なのだ。

「あ」

着ていたのは、Tシャツに動きやすいカーゴパンツだった。

無防備な服だ。

Tシャツは、裾《すそ》を捲られてしまえば胸が露出する。

カーゴパンツは動きやすいようにルーズな作りだから、前を開けられれば、他人の手でも容易に脱がされてしまう。

大吾さんは、腕時計を外して枕元に置くと、Tシャツを捲って、俺に覆いかぶさった。

肌を滑る手。

ただ触れるだけと違う、微妙な動き。

ゆっくりと、最初は腹の辺りから肌触りを確かめるように胸へ上がってゆく。

される覚悟はできていてもする覚悟がなかったので、自分は何をしたらいいのかわからず、ただされるまま横たわる。

こういうのをマグロっていうんだろう。

抱きつくべきかな？

でも抱きついたら邪魔じゃないのかな？

触れるのを邪魔してくるってことは、嫌がってるって誤解されないかな？

考えて、考えて、やっぱりそのままでいた。

心臓がドキドキからバクバクになってくる。

「う……」

指先が乳首に触れる。

摘まれて、ソフトにだけどグリッと捩られる。

「あ……っ！」

ゾクッとして、思わず大きな声が出た。

「自分でする時、胸は触らないのか？」

「……デリカシーがない人はキライ」

「情報収集だ。お前をイイ気持ちにさせるための」

また乳首を弄られ、身体がビクッと跳ねる。

「答えないなら実地で確かめるしかないな」

顔が肌に密着する。

摘まんだのとは反対側の乳首が舐められる。

言うまでもなく、他人に乳首を弄られるなんて初めてのことだ。自分でする時に触ることもなかった。

指で摘まれた時には、乳首を弄られるってこんな感覚なんだ、ゾクゾクして、下が反応しそうなんて、まだ感想を思い浮かべることができた。

でも、下は……。

「あ……ッ」

背中がゾクゾクする。

下が反応する『かも』じゃない、自分の熱が集まってゆくのがわかる。

大吾さんは俺の脚の間に身体を置いていた。

まだ下は穿《は》いていたけれど、緩いカーゴパンツは変化を隠しきれないだろう。彼がそれに気づかないように、と祈るしかない。

初めてなのに反応が早過ぎるって思われる。

それとも初めてだからこういうものなのなのか。

「う……っ、ふ……っ」

息をするだけで、声になる。

「アッ……！」

舐めるだけじゃなく、吸われたり、軽く噛まれたりされて、身体がおかしくなってきた。

触られてないところまでビリビリして、口を塞がれてるわけでもないのに呼吸がしづらい。

自然に四肢に力が入ってこわばってゆくのに、力が入らない。

俺は、大吾さんのワイシャツを摑んだ。

「もういい……っ」

「何が？」

意地が悪いのか、素なのか。

「それ……、もういい……っ。ン……」

「イキそうか？」

「……デリカシー……っ」

大吾さんは、身体を起こして俺を見た。

「色っぽいな。ゾクゾクする」

俺が色っぽいわけない。

「もう子供じゃないって顔でいい」

ずっと子供扱いしてたクセに。

「そんな目で見るな。最後までするから、準備が必要なんだ。これが初めてなんだから、恐怖や嫌悪を与えたくない。また抱かれたいって思うくらいにしないとな」

「最…後……？」

彼はうーん、と唸って顎を摩《さす》った。

「わからない、か？」

少しぼんやりしてきた頭を動かすまでもなく理解し、顔が赤くなった。

「理解してくれててよかった。下も脱がすぞ?」

「だ……大吾さんは脱がないの……」

「俺の裸を見て怯えないなら脱ぐ」

「怯えたりしないよ。見たことないわけじゃないし」

「じゃ、脱ごう」

勢いよく、彼がワイシャツを脱ぐ。

筋肉のついた身体は、見慣れているはずなのにドキリとする。これから、身体を重ねるんだという予告のようで。

だから、『怯える』って言葉を使ったのか。

彼はそのままベッドを離れ、クローゼットの中から何かを持って戻ってきた。

外した腕時計の隣に、透明な液体の入ったボトル。

白いぴったりとしたゴムの手袋を右手にはめる。

「手袋……?」

「心配するな。こう言うと怒るかもしれないが、俺は経験値が高い。お前を傷つけずに、天国へ連れてってやる」

セックスぐらい、もう理解している。

男同士がすることも、今時は情報をシャットアウトしようとしたって入ってくる。

最後まで、と彼が言ったのは、男女の営みのように繋がるつもりってことだ。体格と年齢から考えて、俺が女性役になるのだろう。

理屈は理解していたけれど、彼が色々と準備している姿を見ていると、何だか怖くなってきてしまった。

早まったかな。

すぐに抱かれたいなんて言わなければよかったかな。

でもあの状況では、嫌だと言っても押し切られていただろう。

「Tシャツ脱げ」

言われるまま、もぞもぞとTシャツを脱ぐ。

「脱がすぞ」

迷い過ぎて動かない身体に彼が触れる。

カーゴパンツのボタンが外され、ファスナーに手がかかったところで、恥ずかしさに我慢できず「自分でやる」と後を引き取った。

身体を起こし、ズボンを脱ぎ、Tシャツと一緒に畳んで床に置く。

「そういうところが裕太らしい」

「何？」

「服なんか、脱ぎ捨てて投げ出せばいいのに」

「そんなことしないよ」

下着は……、まだ脱げなかった。

グレイのボクサーパンツ一枚で、横になるべきかどうか悩んでいると、彼が下着の上から触ってきた。

ゴム手袋をはめた方の手だ。

布越しだから、触感がどうのということはなかったが、触られてビクッとなる。

「力を抜いて、もう何も考えなくていい」

俺の下半身に手を置いたまま、キスされる。

さっきので、キスの仕方は覚えた。

唇を開いて彼の舌を迎え入れ、そっと肩に手を置く。

彼も上半身は脱いでいるから、直接肌に触れる。

彼の身体は、熱かった。

緊張してる俺の手が冷たいせいかもしれないけど。

続いたキスのまま、ゆっくりと押し倒される。

手が、下着の中に入ってくる。

「……ッ！」

口が塞がれてるから外には出なかったが、異質な触感に声を上げる。その声は、彼の口の中に呑み込まれてしまった。

ハードル高い。

他人に触られたことないのに、いきなりゴムの触感なんて。いや、直に手で触られるよりいいのか?

握られ、包まれて、揉まれる。

あっという間に硬くなってゆくのがわかる。

「……っ、ひ……っ。あ……」

苦しくて首を振り、キスを外して呼吸する。

でも口を塞いでいたものがなくなってしまったから、声は溢れ出た。

「あ……、やぁ……。あ、あ……」

大きな手は、自由に動いて、根元から先まで俺を苛《さいな》んだ。

先端をグリグリと押されたり、強く握った後に優しく撫でたり。

「ん……、う……ん……っ」

顎が上がる。

何かに摑まりたくて彼に手を伸ばすが、裸だから摑むところがない。俺の手は、しがみつくところを探して、彼の胸を、肩を彷徨《さまよ》った。

寄り添うように隣に横たわる彼が、何度もキスしてくる。

唇だけじゃなく、頬や、額や、首や、胸にまでキスが降る。

気持ちよかった。

他人にされることがこんなに気持ちいいなんて知らなかった。自分でする時にはコントロールできた快感が、怒涛《どとう》のように全身を駆け巡り、コントロールできない。

「あ……、大吾さ……。もう……」

イクから手を離して、というつもりだったのに、反対に強く握られる。

「イッ……」

塞き止められて、ソコがビクビクと脈打った。

ベッドを汚すから我慢した方がいいの？　と思ったが、そうではなかった。

「や……っ！　ダメ……ッ！」

咥えたのだ。

俺のを、大吾さんの口が。

乳首を舐められた時も、舌の柔らかさに籠絡された。だがもっと敏感な場所で受け取る、熱く濡れた柔らかな感触は、もっと凄かった。

「離れて……っ！」

って言ったのに、肩を摑んで引き剝がそうとしたのに、彼は最後まで離れてくれなかった。

「あ……やだって……。ホントに……っ、もう……っ。……ウッ！」

全身の快感が、ギュ－ッとそこに集まり、我慢するためにも力を入れたが、彼のテクニックの前では無駄な抵抗だった。

俺が我慢してると見るや、刺激は多彩になり、脈打ったままイッてしまった。

解放感と倦怠感《けんたいかん》で、文句を言いたいのに声も出ない。

でもこれで終わりではないのだ。

「あ……、やだ」

枕元のボトルを取った手が、中身を俺の下半身になすり付ける。

前も、後ろも、だ。

くちゃくちゃといやらしい音が響いて、また新しい感触が俺を責める。

「や……っ」

今イッたばかりなのに、また快感に溺れてゆく。

「あ……、あぁ……ン」

身体中に受ける愛撫。

ところかまわずされるキス。

身体の内側の柔らかいところを狙って濡らしてくる舌。

ぬるぬるした液体が、まるで粗相をしたみたいに下半身を濡らす。

敏感な部分を弄ぶ指。

俺はただ与えられる感覚にのたうつばかりだった。

その時、指がソコに触れた。

「う」

もうさんざんローションで濡らされて、弄られ尽くしたお尻の穴を、指が弄ぶ。

軽く押したり引っ掻いたり……中へ。

手袋をはめた指は、抵抗なく中に入り、外に零れていたローションを内側へ運ぶ。

「ひ……っ」

入ってゆくより、引き抜かれる時に鳥肌が立つ。

回を重ねると、液体が中を満たし、動きが大きくなって、奥の方まで入り込む。

その度に声を上げ、何故だか涙も浮かんできた。

奥で動かれると、ふにゃっと力が抜ける。

何もかもを知ってる彼に弄ばれ、指の動きで操られる。

「あ……、ふ……っ。や……、そこ、や……。あン……っ」

二度目にイッた時には、放ったものを受け止めてくれる先はなく、自分の身体に零れた。でも
そこは既にローションでびしょびしょだったので、よくわからない。

そんなこと、気にしてる余裕がない、と言った方が正しい。

彼は『最後まで』と言ったのに、その時は来ていないのだ。

とろとろで、どろどろになってる俺に、まだ大吾さんの愛撫は続く。

下着は、いつの間にかなくなっていた。

「も……、許して……。だめ……」

ピチッ、と音がして、何かが投げ捨てられた。

何だったのかを見ようと、視線だけ上げると怖いくらいギラギラした大吾さんの顔があった。

勝ち誇ったような、怒ってるような、闘争心剥き出しの顔。

一度見てしまうと、目が離せなくなる。

あ、舌なめずりした。

ゾクゾクするほど色っぽい。

カチャカチャと音がして、彼がズボンをベッドの外に投げ落とした。今のは、ベルトの音か。

片方の脚が摑まれる。

大きく開かされ、間に彼が入る。

真ん中で、両方の脚を摑んで持ち上げ、肩に担ぐ。

恥ずかしい格好に身を捩るが、逃げられない。

さっきズボンの前に彼が投げ捨てたのが何だったのかがわかった。

手袋だ。

今は両方とも、素手で俺を摑んでいる。

汗の浮き始めた肌はしっとりして、合わさる度にぺたぺたとした。

「あ……」

俺の腰が、正座してる彼の腿《もも》に乗る。

ぐちゃぐちゃに濡れた場所に、何かが当たる。

「今日は全部入らなくてもいい。裕太が俺を受け入れた事実を残したい」

何度指で弛緩させられても十分ではない場所に、彼が入ってくる。

「今ここでやっとかないと、逃げられるかもしれないからな」

逃げないのに。

逃げるくらいなら、こんなところにいないのに。

もしかして、大吾さんは俺が逃げることを怖がっているのだろうか?

「あ……ぁ……」

苦しい。

「痛……っ」

身体が折られ、奥を貫かれる。

もういっぱいだ、と思ってもまだ入ってくる。

「大吾さ……」

自分の膝と一緒に彼の顔。

前を握られて、扱《しご》かれる。

「あ……」

愛してるって、言ってあげようと思った。

そんなにがむしゃらに挑んでこなくても逃げないよって教えるために。

でもできなかった。

口から溢れるのは喘ぎ声だけで、それも大吾さんが動く度にぷつぷつと切れてしまう。

もう、何にも考えられない。

闇雲に伸ばした手が強く摑まれた。

引き寄せられるということは、深く穿たれるということ。

彼を捉えている場所が、自分の意思と関係なくビクビクと蠢き、締め付けた。

「あ……っ！」

次の瞬間、頭の中で何かが弾け飛んだ。

喘ぎ疲れた喉は、声を上げることなく息を漏らし、今日何度目かの絶頂が俺の意識を奪ってゆく。

大吾さんの動きが止まり、俺は全身の筋肉が解けてゆくのを感じた。

「あぁぁ……」

お腹の中に熱く流れ込むものを受け入れながら……。

遠くで、子供の泣き声がする。

マイクが泣いている？

お前の両親は、もうお前とは一緒にいられないんだって。

でもこれからは、大吾さんがいる。

俺もいる。

だからもう泣かなくてもいいんだよ。

俺にも両親はいない。

でも孝介と薫が大切に育ててくれた。

こんなに立派……、かどうかはわからないけど、幸せに育った。

俺はマイクのこと、大好きだよ。

まだ孝介達には会わせてないけど、会えばきっと可愛がってくれるよ。二人とも子供が好きだから。

おじいちゃんも、本当の曾孫みたいに可愛がってくれるよ。

みんなと一緒に暮らそう。

みんなでマイクを愛してあげるから。

俺達が、ずっと一緒にいてあげるから。

だからもう泣かないで。

だから、もっと笑って。


意識が飛んだのは短い間で、目覚めて快感が引いた身体には、疲労感と痛みだけが残った。

そんな俺を、大吾さんは軽々と抱いて風呂場へ運んだ。

軽く身体を洗い流し、貸してもらったパジャマに着替える。

もう一人で歩けると言ったのに、再び抱き上げられ、一階に下り、仮眠室のベッドに寝かされた。

隣のベビーベッドの中では、まだマイクが寝息を立てていて、大吾さんはここなら二人一遍に面倒見られると笑った。

横になると、すぐに眠くなってきて目を閉じた。

夢の中でマイクの泣き声を聞いた気がしたけれど、起きた時には元気に積み木で遊んでいた。

俺が起きた気配にハイハイでベッドに寄ってきて、積み木を一つくれた。

そこに大吾さんが入ってきて、ベッドの端に座った。

「もうご飯は食べさせたの？」

「お前が寝てる間にな、腹が減って泣いてたのに起きなかったな」

「ああ、やっぱり。夢の中で泣き声が聞こえた気がした」

大吾さんは、横になってる俺の髪を撫でてポツリと言った。

「『雀《すずめ》の子を犬君《いぬき》が逃がしつる』、だな」

「何それ？」

「光源氏《ひかるげんじ》が紫《むらさき》の上《うえ》を見つけた時の、紫の上のセリフさ。お前が大きくなるまで待った俺は、光源氏だ、と思ってな」

「浮き名を流すところも似てるね」

「俺は一々恋愛はしない。あいつみたいに面倒じゃないさ」

「それって、もっと始末に負えないってこと？」

「恋は多くない。俺の気持ちは一つだけだ。それに、お前がいつでも相手をしてくれるんなら、もう遊んだりしない」

それは嬉しい言葉だ。

「そのためにも、ここへ引っ越してこいよ。一人暮らしする予定だったんだろ？」

「孝介達は反対するだろうな」

「『達』じゃない、毛利だけだろ」

「薫は？」

「言ってある」

「言ってある？」

「お前に酒を飲ませた日、電話を入れた時に。裕太は俺を意識しだした、だから俺は本気になる。我慢できなくて、寝てる裕太にキスしたってな。烈火のごとく怒られた。今後本人の意思を無視してそんなことしたら、もうここへは来させないって」

言いながら、大吾さんはマイクを足で弄った。

邪魔そうにペシッと叩かれ、すぐに引っ込めたけど。

「だから送っていくのやめたんだね？」

「おっかなかった」

確かに、あの時の薫はおっかなかった。

「そういえば、大吾さんメンデルってわかる？」

「遺伝の？」

「うん。薫がよく考えて観察しなさいって。あの夜俺にそう言いながらお前だってメンデルは知ってるだろうって」

大吾さんは首を捻った。

やっぱり彼にもわからなかったかと思ったが、すぐに「ああ」と呟いた。

「だから、あいつ等はマイクに会わせろとも、何とも言わなかったんだな。マイクが俺の子供じゃないってわかって」

大吾さんはマイクを抱き上げて俺の前に座らせた。

「お前、マイクが青い目だってあいつ等に教えたか？」

「うん……、言ったと思う」

マイクはその青い瞳をきらきらさせて俺に手を伸ばしたが、大吾さんが仰向けに引っ繰り返してくすぐった。

大きな笑い声と共に手足をバタバタさせて喜んでる。

「メンデルの法則だよ。優性遺伝と劣性遺伝。優性劣性といっても、優れているとか劣ってるという意味じゃない」

「そんなの知ってるよ。二つの性質が混血される時、子供に優先されて表に出る方が優性ってことだろう？」

「確率の問題はあるが、青い目というのは劣性遺伝の因子なんだ。黒い目の俺と青い目のベリンダの間に子供が生まれたら、ほぼ間違いなく黒い目だろうな」

ベリンダが金髪でマイクの髪が黒いから、そちらにばかり気をとられていたけれど、そういうことだったのか。

だから、薫はマイクの母親と大吾さんのことについて何も言わなかったんだ。そして俺がそのことで怒ってたから、ちゃんと観察しなさいと示唆《しさ》したんだ。

何も言わなかったんだから、孝介も知ってるんだろう。

「俺だけヤキモキして、ばかみたい……」

薫も酷い。

気づいたんなら最初にそれを教えてくれればよかったのに。

でも、最初に違うってわかってたら。俺はまだ足踏みしてたかもしれないし、大吾さんはマイクを引き取るためにベリンダと結婚してたかも。

「それだけ俺のことしか考えてなかったってことだな」

と満足げに頷く彼に、マイクが小さなパンチを炸裂させる。

「今夜、泊まっていくのは自分で電話する。上手く動けなくて、何をしたのかバレちゃうと思うから。隠したいわけじゃないけど、試験が終わるまでは穏便にしたいんだ。でもそれが終わったら、ここに引っ越してきたいって二人に言うよ」

「俺が言ってもいいんだぞ?」

「ううん。自分で言う。自分の決めたことだから。でも……」

「でも?」

俺は手を伸ばして、マイクの柔らかな髪を撫でた。

俺がこの子を育てるんだなぁ。

孝介達が若くして俺を育ててくれたみたいに、俺と大吾さんで。

そのためには……。

俺は大吾さんを見て、にっこりと笑った。

「俺が欲しかったら、孝介に『息子さんを俺にください』って言ってね」

苦笑いして、彼は俺の額に額をコツンとくっつけた。

「任せとけ」

二人の間にマイクを挟んだまま。

「毛利に殴られても、お前を手に入れてやる」

その言葉を誓うようにキスをして……。

あとがき

皆様初めまして、もしくはお久し振りです。火崎勇《ひざきゆう》です。

この度は『好きならずっと一緒』をお手に取っていただき、ありがとうございます。

イラストのみずかねりょう様、素敵なイラストをありがとうございます。担当様、ありがとうございます。

このお話は『好きなら一緒』『好きなら一緒にっ』で子供だった裕太《ゆうた》が育って恋をするお話です。

あれから随分時が経ちましたし、実はこの原稿を書いてる最中二度データを消失させ、三回書き直したので、無事本になって嬉しい限りです。

いやぁ、大吾《だいご》、根気強いです。間につまみ食いはしましたが、メインディッシュが出来上がるまで待ちました。

きっと途中でちょっとその気になった時もあったでしょうが、保護者達が怖かったのか、裕太が大切だったのか、お行儀よくしてました。

なのでやっと手が出せるようになったこれからは、根岸《ねぎし》達を説得して同居し、やりたい放題でしょう。

ですが、世の中そう甘くはありません。いい雰囲気になるとマイクがグズって邪魔される、なんてことも。

それに、今までは大吾の相手を裕太が心配していましたが、裕太が社会人になったら大吾が心配する番です。

会社の同僚が裕太にモーションをかけてきて、裕太は気付かなくても大吾は気付いて牽制する。

大吾は大人げないですからね。そうなったら相手をコテンパンに叩きのめすことでしょう。

だって今まで我慢してたんですから、絶対他人に渡せません。独占して、朝から晩まで可愛がります。他人が入り込む余地がないほどに。

だからライバルは育ったマイクだけ。これは手強いでしょう。

さて、そろそろ時間となりました。また会う日を楽しみに。皆様御機嫌好う。

CROSS NOVELS既刊好評発売中

ずっとそなたに恋をしてきた

黒妖精は聖騎士の愛をこいねがう
チェンジリング

沙野風結子

Illust 奈良千春

18歳の生誕日に妖精王から力を授けられる、特別な取り替え子・アンリ皇子。皇子に忠誠を誓う騎士オルトは、深まるアンリへの愛しさに苦悩していた。そしてアンリもまたオルトへ強い想いを抱く。

だが敵の策略により、18歳目前でアンリは妖魔に堕とされてしまう。自制を失ったアンリの欲望を自身の体で宥めるオルト。皇子のためと言い訳しながら、愛しい相手との交わりに悦びを感じずにはいられなくて…。

二人は妖精王に会いにいくが、アンリの妖魔化は進行し——!?

CROSS NOVELSをお買い上げいただき
ありがとうございます。
この本を読んだご意見・ご感想をお寄せください。

〒110-8625
東京都台東区東上野2-8-7　笠倉出版社
CROSS NOVELS 編集部
「火崎 勇先生」係／「みずかねりょう先生」係

CROSS NOVELS

好きならずっと一緒

著者
火崎 勇

2020年9月23日　初版発行　検印廃止

発行者　笠倉伸夫
発行所　株式会社　笠倉出版社
〒110-8625　東京都台東区東上野2-8-7　笠倉ビル
[営業]TEL　0120-984-164
FAX　03-4355-1109
[編集]TEL　03-4355-1103
FAX　03-5846-3493
http://www.kasakura.co.jp/
振替口座　00130-9-75686
印刷　株式会社　光邦
装丁　磯部亜希
ISBN　978-4-7730-6050-8
Printed in Japan

CROSS NOVELS